【中国近现代稀见史料丛刊典藏本】

扶桑十旬记

（外三种）

（清）杨芾 等 著
杨早 整理

凤凰出版社

图书在版编目（CIP）数据

扶桑十旬记 ： 外三种 / （清） 杨芾著 ； 杨早整理
. -- 南京 ： 凤凰出版社， 2023.4
（中国近现代稀见史料丛刊典藏本）
ISBN 978-7-5506-3832-7

Ⅰ. ①扶… Ⅱ. ①杨… ②杨… Ⅲ. ①日记－作品集
－中国－清后期②游记－日本 Ⅳ. ①I265.2②K931.39

中国国家版本馆CIP数据核字(2023)第027066号

书　　名	扶桑十旬记（外三种）
著　　者	(清)杨　芾 著　杨　早 整理
责任编辑	樊　昕
装帧设计	姜　嵩
出版发行	凤凰出版社(原江苏古籍出版社) 发行部电话025-83223462
出版社地址	江苏省南京市中央路165号,邮编:210009
照　　排	南京凯建文化发展有限公司
印　　刷	江苏凤凰通达印刷有限公司 江苏省南京市六合区冶山镇,邮编:211523
开　　本	880毫米×1230毫米　1/32
印　　张	5.375
字　　数	140千字
版　　次	2023年4月第1版
印　　次	2023年4月第1次印刷
标准书号	ISBN 978-7-5506-3832-7
定　　价	58.00元

（本书凡印装错误可向承印厂调换,电话:025-57572508）

功、贈從四位、賜金建設銅柱、藏先生測地器械於其中、序文甚古茂、字似魏
碑、足見日人亦以漢文漢字爲貴、　到芝園對過、遊婦人博覽會、購券入婦
人用品爲多、
初三日、癸巳、雨、　余華裝、欲添置衣履、頗不易易、幸有廣東雜貨店數家、寄賣
上海履、其價祇加半倍、幷售中國麻油鹹蛋海味等件、日本商店、四壁不挂
對聯、若華商、則大門及牆壁、均有聯語矣、
初四日、甲午、大風、午後一時三刻、地震、比前日稍輕、　三時、小雨、　到三番町、
遊番町商品館、貨物無多、　到神樂坂上、遊靜岡館勸業場、比番町爲强、
晚聞鐘聲、開窗東望、知係本鄉區失火、
初五日、乙未、晴、今日中國端陽節也、客中度節、頗動鄉心、　到神田區買書籍、
日本書肆、以神田爲最多、如紙張稍舊、或微有污損、卽比新書賤至一半、如
已有增補出版之書、則舊版價目、不過一二成耳、書店半係婦人經理、無論

《扶桑十旬记》书影

目　录

“文明国”游记

——1903—1907年中国官绅眼中的日本

一

晚清官绅游历日本者，为数颇夥。现存最早的或是广东人罗森的《日本日记》(1854)，目击美国“黑船”逼迫日本开国的过程。第一位出使日本大臣何如璋则于1877年赴日，著有《使东述略》，算是第一份亲历日本的官方记录。跟着何如璋赴日的参赞黄遵宪，以十年工夫撰述出版《日本国志》，计四十卷，五十余万字，对日本历史记述颇详，用意却在为中华借镜。1879年，知名文士王韬访日四阅月，撰《扶桑游记》，王韬此前曾游泰西，其观感比较，又自不同。其后旅日人士撰述，尚有李筱圃《日本纪游》(1880)、傅云龙《游历日本余纪》(1887)、黄庆澄《东游日记》(1893)等①。

总的来说，甲午之前，中国人游日的记录中，对铁路等“文明事物”，无不惊叹，如“大阪距神户六十里，铁道火轮四刻即至。烟云竹树，过眼如飞”(何如璋)，“计程七十里，行半个时辰……车过时骤然视之，面目模糊，不辨老少”(李筱圃)，傅云龙作《日本车表》，交代铁路通到了神户、长崎，黄庆澄则看到“日本铁路由东京起，东北达青森

---

① 李、傅、黄三人记述，曾与罗森《日本日记》、何如璋《使东述略》，合编为《早期日本游记五种》(长沙：湖南人民出版社，1983)。

湾,西达神户”。铁路便利交通,有益国运,这是洋务运动初期大论战之后,已被中国知识分子普遍接受的观念。然而,除黄遵宪、王韬等特出之士外,余人对于日本学习西方的制度变革,虽多所涉及,却往往持怀疑甚或批评的态度,如“讵前者果拙,而后者果工耶”(何如璋《使东述略》),“当变而变,不当变亦变”(傅云龙《游历日本余纪》),他们的旅日感受,止于赞叹器物便利,事业盛大,制度层面则少有思谋,最终不免落入驻日公使汪凤藻感慨的窠臼:“今日之谈洋务者,仅可著书而已。坐言起行,戛戛其难。”(黄庆澄《东游日记》)

甲午之后,情形为之一变。从 1894 年中日战争开始,中国官绅阶层经历了甲午战败、庚子事变、日俄战争三次冲击,他们看待日本的眼光,也产生了急剧的变化。

甲午之败,举国震动,船坚炮利似乎犹胜东邻的北洋水师却在大东沟折戟沉沙,洋务一派上自恭亲王,下至李鸿章、张之洞等,都不得不承认洋务运动未能达到预想的效果。当时中国各级官吏中,一批有志之士,一方面反对徐桐等人拒洋自守的锁国思路,另一方面,对洋务运动只重器物、不重制度的“西化”策略,也颇为怀疑。思想较为进步的各级官吏,则对以康有为、梁启超为首的激进知识分子群体抱欣赏、支持的态度。

清末创办《京话日报》,推动北方启蒙运动的著名报人彭翼仲,其时官职是实授六品通判,记载当日社会情形是:“当强学会之盛也,举国若狂,群以得见康、梁为至荣。……迨四卿参预新政,朝旨奋发,雷厉风行,精神为之一振。设使阻力不生,则国家之进步安可限量?且庚子(光绪二十六年,1900 年)之乱,亦何由而起?”①

紧接着是庚子事变,对于官绅阶层的震动尤甚于甲午。当北京义和团最盛之时,彭翼仲曾因不肯在家设坛,被拳民夜掷火把焚烧凉

① 《彭翼仲五十年历史(上编)》,姜纬堂等编《维新志士、爱国报人彭翼仲》(大连:大连出版社,1996),第 102 页。

棚。《扶桑十旬记》的作者杨芾，时任兵部主事，则因反对义和团，差点丢了性命：“编修杜本崇，检讨洪汝源，主事杨芾，皆指为教民，被伤几死。”①

这些反对义和团运动的知识分子，在庚子之后，痛定思痛，对于中国的改革得失，有着比较彻底的反思。他们认为庚子之乱，发源是戊戌变法的失败，但庚子之乱的产生，并不完全是朝廷的失误所致，民众因缺乏教育导致的愚昧也是一大主因。民众，即便是义和团，总也是怀着爱国的热情，希望中国强大而能抵御外侮的，何以酿成如此大祸？如彭翼仲所言，“固由当轴者昏聩无知，亦由人民无教育，不明所以爱国之道”，才会弄到“国几不国”②。

庚子之后，朝野上下，要求立宪的呼声很高。尤其是 1904 年日俄开战，一个新兴的立宪国家，居然打败了老牌的专制强国。明治维新以来，短短三十年，日本即从同被西方侵略的落后国家，一跃变为与西方列强相颉颃的先进国家，更让中国知识分子看到君主立宪与国民教育的好处。对于中国来说，日本是再好不过的一个模仿对象。19、20 世纪之交，中国掀起了留日热潮，正是这种反思与效仿的心态所致。此种心态，有一位留日学生的呼吁可为代表：

> 日本与中国同逼于泰西，中国狃于自是，不肯师人，以购置器械为无上之政策，而日本游学者，皆汲汲研究其政法与其切实科学。德相俾士麻克有言曰：“日本其强，中国其弱乎！”今日本已列于强国，而老大帝国者竟不能一洗甲午、庚子诸纪念之辱，而逗留于过渡时代之中者，则前鉴不远也。③

---

① 罗惇曧《庚子国变记》(上海：神州国光社，1947)，第 9 页。

② 《彭翼仲五十年历史(上编)》，姜纬堂等编《维新志士、爱国报人彭翼仲》(大连：大连出版社，1996)，第 113 页。

③ 《劝同乡父老遣子弟航洋游学书》，《游学译编》第六期，1903 年 5 月。

留学、考察日本的人员众多,亦不乏“日本密迩,往者较繁”(张元济)的缘故,正如上文所称,长沙搭轮至日本东京,不过十五日,较之“往云南二三月,往陕甘二三月”而为方便,每年所费,“不过三百两银足矣”。

1905年,清廷派五大臣留洋,考察宪政。五大臣之一的端方,回国后即转任两江总督。1907年春,杨芾接到端方咨文,赴日本考察。此时杨芾的职务是“记名军机章京、陆军部郎中”,与两江总督并无属辖关系,端方会请他赴日考察,应该与两人庚子前在京的交谊有关。

光绪三十三年二月廿四日(1907年4月6日),杨芾从上海出发,开始了他一百余日的东瀛之行。

二

杨芾,字若米,咸丰五年(1855)生于江苏高邮。三十三岁中举,次年(光绪十五年,1889)以殿试三甲二名,赐同进士出身。最后以山东莱州知府致仕。

杨芾是笔者的高祖,但族中谱系流散,他的生平也不是很清晰。清制,嘉庆、道光后,“朝考后授官,前列者用庶吉士,等第次者分别用为主事、中书、知县三项”(商衍鎏《清代科举考试述录》)。杨芾大概是中进士被授兵部主事,一直到1900年,他还担任此职。先叔祖杨汝栩在《我所知道的杨氏家族》里说杨芾“因才思敏捷,熟谙奏章,不久就被调军机处任章京。章京又称小军机,是军机大臣的重要助手,主管缮写谕旨,记载档案,查核奏议等事务。……当时的领班军机大臣恭亲王奕䜣对杨芾十分倚重,入宫晋见皇帝,出外巡行视察,大多带杨芾同行,一应奏议、谕令大率皆出自杨芾之手”。这段时间,杨芾的正职还是“兵部主事”,“军机章京”是“差使”,类似如今的“借调”。

经过庚子年的生命之险,杨芾仍然在兵部任职,辛丑后新政改兵部为陆军部,杨芾亦于某年升任郎中。1907年他受端方咨委(前两年拍卖网站上曾有端方致杨芾的信封发拍)，东渡日本考察。这种地方大员委任相熟能员考察的形式，在彼时相当普遍。

如山东人王景禧，比杨芾晚一年中进士，任过翰林院编修，戊戌变法后离朝回乡执掌南池书院。1903 年，王景禧受直隶总督兼北洋大臣袁世凯委托，护送师范留学生二十人东渡，回国后即有《东游日记》付梓。袁世凯为是书作序，称许王景禧“是犹京卿之志也”——京卿指的是桐城文豪吴汝纶。庚子之后赴日考察者，大概以他最为知名。吴在光绪二十八年(1902)受管学大臣张百熙之聘任京师大学堂总教习，随即赴日考察教育，历时三月，归撰《东游丛录》[①]，记载虽稍简略，重心在于考察教育，却开了一时之风气。

袁世凯称许吴汝纶与王景禧之处，在于他们考察日本教育，注重其教育精神，并非像有些同时的考察报告那样“详其制度，而略其精神”，同时又能考虑到中国的实际情况，“取日本欧化、保存两派镕于一炉”。王景禧《东游日记》确实可以看作吴汝纶《东游丛录》的扩大与补充。

而许炳榛的《甲辰考察日本商务日记》，考察重心则放在商务上。许炳榛是广东番禺人，世家子弟(后来的粤军总司令许崇智即其侄辈，当时正在日本留学)，时在江宁为候补道，1904 年，为两江总督兼南洋大臣魏光焘所派，送江苏法政留学生二十人赴日。许炳榛在日时间甚短，只有一个月，但他留心商务，记载各地出产、神户等港口进出口货物甚详，如为此书作序的张元济所言，“洵可谓烛照数计，资彼己之知者”，而且“于铜矿局，于造币局，于造纸厂，于印刷局，于铁道作业局，于美术制造场，无不详述规制，贻我轨范”。

又过了一年，1905 年 5 月，有一位直隶玉田县的绅士张维兰，因为直督袁世凯令直隶各县选派绅士赴日考察学校，他奉玉田周知县(号沁甫，也是张维兰的座师)委派，与同县另一位绅士刘春甲同往日

---

① 《东游丛录》收入《吴汝纶全集》(合肥：黄山书社，2002)第三册。

本，一面入嘉纳治五郎所长的弘文学院听讲，一面在日本各处参观游历。张维兰在日时间有五个月之久，但他的《乙巳东游日记》记载远不如王景禧与许炳榛详尽精彩，显然与他们的身份、眼界、思谋之差距有关。

待得杨芾1907年赴日，前面已有了这许多的撰述。虽然彼时各书流通未广，杨芾不太可能一一经目，但大致的情形他应该是做过功课的。在《扶桑十旬记》的开篇，杨芾称自己在日本"频频憩游，察人情，觇物品，流连风景，颇会于心"，因为"素行质实，不愿剽陈说以自夸"，"虽心得之毫无，却唾余之耻拾"。杨芾显然不愿意泛泛地引述与印证前人的游日感受，而是要记录自己的亲身体会。他一再对自己"不通东语"表示遗憾，抵日未及一月，便为同行来日留学的儿子请了一位家庭教师，每天学两小时日语。

诚如商务印书馆编辑徐珂为《甲辰考察日本商务日记》作叙时所言：中国商民遍布各国，然其知识学问有限，所见所闻，"无以自贡于祖国"，而清廷派使出外，亦有三十年，"每一使馆，且必有参随若干人，其驻期自三年以至六年或九年不等，宜若大有所考察，以饷我国民矣。然其著书行世者，卒寥寥可数，而其中翔实精核者、不涉琐屑敷衍之弊者，尤寥寥焉"。如若不然，袁世凯、端方等有志于革新的封疆大吏，也不会亟亟于送生留学、派员考察，但各员考察回国递交报告、日记付梓，亦如张元济所说："顾被派诸吏，鲜有最录所得以公于世者，岂有所秘而不肯宣与？抑不胜其任，虚行故事而无所资以相告也？"(《甲辰考察日本商务日记》张叙)

综观1903年后各种东游日记，对教育、商务的兴趣是一致的，如王景禧"主小学教育之普及，而辅以急兴实业"，许炳榛则指出："能辟天下之利源者，非农工商乎？能承天下之仔肩者，非留学生乎？"因此各种日记，无不致力于观察、记录日本的教育制度、商业运作方式，而这些东渡能员心中，其实时时有"中国"的问题在。

如许炳榛参观岗梓造纸厂，即反思中国的造纸事业："我国纸厂事业尚未发达，虽沪滨一隅，伦章、华章各局，经营数载，稍塞漏卮，而纸质不佳，工作草率，比诸各国，霄壤悬殊，以故人不乐购，而洋纸进口因之日益繁夥。”他在考察日本的消防所后，也发出“我国鄂粤各处，户口稠密，易兆焚如，亟应仿是行之，庶几保险可废，利权可收”的感慨，得出的结论是“优胜劣败，天演之公理然也”，由此发出警告：“我国民勿谓区区之事，不足介意，每岁之出口黄金，即此一端，已不其几何矣！绳锯木断，水滴石穿，迄今图维，未始非挽回利权之一端耳。”

杨芾对两国各种制度的比较，更为精细详尽，如他以高价购得日本的尺子与米合（量米器具），意在归国后设法改造中国度量衡混乱的现状。从日记中胪列的中国度量衡混乱情形，可见杨芾是怀着类似的“问题意识”去日本的：

> 即以上海而论，其度量衡且不画一，如度，则有官尺，即海尺，系布业所用，每官尺，九寸一分三厘，合营造尺一尺；有木匠尺，又名鲁班尺，以官尺八寸为一尺，每木匠尺一尺一寸四分一厘二毫半，合营造尺一尺；有木行尺，以官尺九寸六分为一尺，每木行尺九寸五分一厘强，合营造尺一尺；有绸庄尺，以官尺九寸七分为一尺，每绸庄尺九寸一厘二毫强，合营造尺一尺；有步弓，以鲁班尺六尺为一弓，合营造尺五尺二寸五分七厘三毫；有英尺，洋货市通用，以八分为一寸，十二寸为一尺，每英尺一尺三分半，即九十九分半，合营造尺一尺。

本文所列日记撰述人中，1907 年赴日的杨芾去得最晚，有着某种意义上的后发优势，因之，杨芾在观察日本社会时，其细密程度，远远超过了他的前辈们。即以他对东京电车的记叙为例：

> 东京电车络绎，自晨至夜半，来往不绝，行人称便。车有黄

> 色、绿色、紫色区别,各行地段,沿途设无数红柱,粉笔标明某处停留场,以便陆续上下。登车买票,无论远近,每人五钱,合中国五十文。若买往复票,只九钱,谓之往复切符。若买二十回票,即二十次。只八十五钱;三十回票,只一圆二十五钱;五十回票,只二圆五钱,谓之回数切符,可收存陆续用也。如拟往某处而本车不能径达,本车另给一单,在拟到之地名上剪一小洞,可持此换坐他车,不再收钱,惟限以时刻,逾时则无效。如不识路途,询之路旁警察,无不详晰指示。仍有电车案内人,在轨道旁指点。东人办一事,即尽一事之责,大率类此。

在日期间,杨芾对各方面制度、器物、场所的观察与描述,注重细节,详尽密实,都“大率类此”。

杨芾在《扶桑十旬记》终篇中总结道:遍游日本,“目不睹悖义之事,耳不闻非理之言,问何以故?曰:法律严而一也。问尽人知守法律,又何以故?曰:教育普且早也”。较诸前人日记,杨芾于教育、商务之外,格外强调“法律—守法—教育”之间的关系,正应合着清末启蒙运动的诉求,即对上则倡议制度变革,早立宪政;对下则号召教育普及,广开民智。这种思潮自庚子之后开始兴起,至杨芾东渡的 1907 年前后,成为中国知识界的主流意识,也成为清王朝振弱起衰的最后一次努力,民元之后,法律与教育,仍是中国社会必须直面的最重大问题。

三

甲午之战(1894)、庚子之乱(1900)、日俄战争(1904),日本军队的铁蹄三次践踏中国本土。按说,中国官绅当对日本怀有仇恨之心,但是遍索 1902—1907 年的中国官绅旅日笔记,却几乎找不到这种仇恨的记录,他们在马关、在东京看到中日谈判的旧址、从中国抢掠来的珍物，悲愤之情，自是难抑，但是笔锋一触到日本政治、经济、社会各方面，几乎是一面倒的称颂夸奖。

1907年1月，日本陆军元老山县有朋向首相西园寺公望呈送《对清政策之我见》，对于清国上下对日本的看法有较为详尽的分析：

> 向我帝国学习成为风靡清国上下之趣事，以前独从德国聘请陆军教官，现则亦从日本雇佣，我国受聘赴清国作警察、学校教官、技师者不断增加。此间，清国确实是舍弃了多年之积怨，甚至产生了与我国缔结同盟密约之希望。
>
> 1900年之义和团事件，成为使清国日益倾心于我国的一大原因。……北京城陷落后，我军之纪律严正与我国政府之好意使清国上下更加信赖我国，不仅加大了从我国招聘相关人员到清国做文武教官的力度，使得教官人数剧增，而且赴我国留学之人数亦骤增。我国对于清国也友善相待，为改善彼国军队，甚至还承诺在我国陆军士官学校培养彼国学生。
>
> ……
>
> 现今，清国对于欧洲列强之反抗日益凶猛，朝野上下对于回收利权、维护主权之要求都颇为炽烈。而我国与俄国开战获得大捷，确实已促使清国人心觉醒，使之产生不劣于白人之感。这似乎煽动了愈益高涨的利权回收热潮。[①]

山县有朋对于中国有许多猜疑提防之语，但上述看法大致是准确的，其中尤其值得提及的是日俄战争对中国上下的刺激，中国立宪党人将日本看作一个成功转型为文明国度的东方国家，看作西方“文明爱

---

① 《山县有朋意见书》第302～305页，转引自杨栋梁主编《近代以来日本的中国观》第四卷（南京：江苏人民出版社，2012）第154～155页。

国”精神在东方的传递者,是中国可以“就近取法”的对象。即使中国的国土与民众惨遭蹂躏,立宪派仍然寄望于这场战争产生的正面意义,能够促进中国的宪政改革与社会维新。

日俄战争结束半年多后,彭翼仲主持的《京话日报》回顾这场战争,仍然强调这是“立宪战胜了专制”,并以日本立宪强大,同时“无损君权”,来向犹疑不定的清政府进言,希望借此推动中国的立宪进程:

> 等到二十九年,日本跟俄国开了仗,小小三岛的日本,真会打败了地跨三洲的俄罗斯,这才又明白了一层,日俄之战,实在是我们中国存亡的大关头,又知道小国能胜大国的原故,并不在土地有多大,海陆军有多少,全在乎立宪与专制的分别。日本胜俄国,简直就是立宪胜专制,由此我们全国上下,提倡立宪的议论,政府也知道不立宪不能立国,故此去年派五大臣出洋,考查各国的政治。[①]

为了达到这个目的,《京话日报》不惜遮蔽一切有关日本的负面报道,连日俄战争引起的“日比谷骚乱”,也被主持者用来说明日本国民的“文明”与“爱国”[②]。

不过,日俄战争之后,也正是日本自信心、优越感大增,同时对中国的蔑视达到前所未有地步的时期。吉野作造博士曾在二次大战后回忆当年的国民心态:

---

① 《立宪不损君权》,《京话日报》第680号,1906年7月18日。

② 中国社会上下对于东邻日本的心态,当然是复杂而矛盾的。因此对日本的大力揄扬是启蒙知识分子在特定时期、特定事件上的表述策略。详细讨论参见拙文《北京报纸对日俄战争的报道与评论:1904—1905——“开民智”与“开官智”的分野》,《中山大学学报》2008年第2期。

> 我国已经找不到害怕支那的情况了。庚子事件以后，日本看透了清朝的真实面目，开始与列强一起欺负清国。日本告别了甲午战争以后对清国复仇的担忧。……特别是日俄战争以后，日本产生了作为军国称雄世界的自负心理，视支那等为狗屁不如。①

中国官绅、留学生在大吏资助令遣下，纷纷东渡，以求真经之时，日本国内对老大帝国来客的态度也是冷热不均，颇存争议，既有热心传授、慨加援手之人，亦有蔑视华人、寻衅生事等辈，比如，围绕1903年3月在大阪举行的第五次劝业博览会，发生了一系列日本人恶意侮辱清国事件：人类学馆出品事件、台湾馆女子事件、福建出品移出台湾馆事件。在成城学院举办的运动会上，高悬各国国旗，唯独没有清国龙旗，因此发生了抵制运动会事件，还有发生在成城学院的某上尉猥亵留学生事件。更不用提1905年日本文部省颁布《清国留学生取缔规则》，《朝日新闻》攻击中国人缺乏团结力，说中国留学生是“放纵卑劣”的一群，由此引发在日清国留学生集体罢课，并有陈天华蹈海以示抗议的激烈行为。由此亦可以理解留学生周树人对藤野严九郎的感念与对歧视华人者的愤恨。

日本上下如此的对华心态，在日本停留稍久者，不可能感受不到，然而在1900年代这些访日官绅的笔下，基本都是对日本的褒扬之语，所会之权贵，无不和易，所见之吏民，无不认真。毕竟真相如何，当不能以此为据。如许炳榛对大隈重信备加赞赏，说他“日本维新第一人，具独立之精神，视国政若己事，其外交政策尤以保全东亚、维持中韩为宗旨”，事实上大隈重信一向视中国为“亚洲劣等文明国”，他主张日本应帮助中国增进国力，主要目的是“预防东洋动乱之

① 《吉野作造博士民主主义论集》第6卷，转引自杨栋梁主编《近代以来日本的中国观》第四卷（南京：江苏人民出版社，2012）第144页。

危机，这必然带来商品购买力，进而可使我国贸易发达”[①]。

尽管有着上述种种的遮蔽与误读，但百年后回顾，仍然不能不承认，自近代以来，1900年代是中日交往大体平等，也是中国最热心向日本学习的阶段。这个时代，日本新政强国的效应已经全面展现，而近代化不彻底的弊端尚未暴露，对于急欲从甲午与庚子的挫败中重振人心、改良制度的中国而言，日本确乎是值得效仿的对象。可惜，时不我与，中国的立宪进程屡遭挫折，而杨芾、许炳榛、王景禧试图从日本全面引入的商务、教育、警政，乃至交通、消防、会展等制度，有些在地方行政中初见成效(如警察)，并成为日后中国近代化的主导方向，但他们设想中的“文明国”，却更多地留在纸面上，至今仍是中国社会努力的方向。

本书日记四种，《扶桑十旬记》系据《近代中国史料丛刊》影印本(台北：文海出版社，1991)整理，《日游笔记》、《甲辰考察日本商务日记》、《乙巳东游日记》均据《历代日记丛钞》影印本(学苑出版社，2006)整理。书末附有1907年出版的《实测改正最新东京全图》，以备参考。

① 大隈重信《东西文明》，转引自杨栋梁主编《近代以来日本的中国观》第四卷(南京：江苏人民出版社，2012)第144页。

扶桑十旬记

杨　芾

丁未仲春，赍两江总督端公咨文，东游日本，学识浅陋，复不能以东语自为问答，得粗遗精，此行殊愧。第以目之所见，究胜耳闻，又幸值彼国开博览会场，频频憩游，察人情，觇物品，流连风景，颇会于心。素行质实，不愿剽陈说以自夸，足之所到，笔略记之，虽心得之毫无，却唾余之耻拾，未敢以质同人也，聊自存其鸿雪之迹而已。

二月二十日(1907年4月2日)　辛巳，晴，乘江新轮船，午前十一时抵沪，寓四马路昼锦里鼎升栈，挈一仆随行。

二十一日(1907年4月3日)　壬午，晴，到黄浦滩正金银行，换日币，每百圆合英洋九十九圆。

二十二日(1907年4月4日)　癸未，微雨，大儿子遵路与屠振权铨、刘小斋信洵到沪，路儿去岁在日本弘文学院，学习警务毕业，已领证书，现入法政大学速成第五班。屠，直隶人；刘，浙江人，均赴东游学。晚雨渐大。

二十三日(1907年4月5日)　甲申，晴，到虹口日本邮船株式会社，买博爱丸船票，票标号数，登姓名，壁上悬牌，列明价目。长崎头等二十四元，二等十五元，三等六元；马关头等三十二元，二等二十元，三等八元；神户头等四十二元，二等二十六元，三等十元；横滨头等五十四元，二等三十三元，三等十二元。购二等舱票赴神户，拟由神户换坐火车，午后九时，登博爱丸船，囊箧大件，堆积大船，随身小件，携入本舱，甫登舟，查对姓名，盖购票时之姓名号码，已入册矣，旋引入所购某某号舱内，其办事之精细,已见一斑。余与路儿及屠、刘二君同在一舱,此舱共六号,另二号,一系吴笃之江,一系杨亮臣继新,均湖南人,赴东游学。二等舱甚洁净,有地毯,有痰盂,有盥具,较中国江轮为胜,外有浴所、厕所,亦扫除甚洁。仆坐三等舱,稍嫌杂沓。

二十四日西历四月初六日**(1907年4月6日)** 乙酉,晴,黎明开轮,午后微有风浪,每日三膳皆西餐,早晚有面包、牛乳、咖啡茶。每数舱有一小使伺应,舱门安设电铃,通小使室,闻铃即至,虽不通东语,以铅笔书示之,无不解者。东人无论贵贱男女,均识字解汉文。

二十五日(1907年4月7日) 丙戌,晴暖,舟行平稳,午后一时,经五岛南,四时,将抵长崎,有医士船来验病,立船面俟之。凡坐二等者,只检点人数,若三等则一一观气色矣,头等客并不出舱。五时,进长崎港,属长崎县,停轮,有客栈伙上船接客,因夕阳将坠,未上岸。自沪至长崎,计日里四百三十七里。

二十六日(1907年4月8日) 丁亥,晴,登舟一望,山水雄秀,图画天然。晨七时,坐小划登岸,每人船资十钱。即中国一角。到四海楼小饮,系中国人开设,尚可食,价比中国加倍。入街市,商务尚盛,货物悉标价目,购取多数,或微有减折,然市价大半不二矣。赴劝商场,楼上下曲折通行,百货陈列,持筹握笔,多系妇人,教育普及,于此可见。场分出口入口,秩然不紊。普通衣服称和服,圆领,大袖,腰束以带,足着木屐,谓之格达,下有二齿,上以布条为人字形,入于大趾缝中,足袋亦有缝,有跣足踏格达者,行甚疾,其声轕轕然。至官长、海陆军士、学人、警察,均仿西装,女学生着绛裙,车夫衣服编号,工役人等衣服织某村町字样,妇人梳高髻,幼女披发,束彩帛寸许,男子不蓄发,三十岁以后即留须,妇人有染黑齿者,则维新以前之旧俗也。不用他国钱币,其钱币,铜则有半钱、合中国五文。一钱、二钱,古有宽永钱,今罕用。白铜则有五钱,银则有十钱、二十钱、五十钱,现无用银币一元者。纸币则有一圆、五圆、十圆、百圆,纸币系扁方式,刻印精良,有像曰大黑,即财神也,上标明日本银行字样,出自政府,无敢伪制，其纸以三桠皮为之，不作他用，纸币流行甚广，币价通国一律，绝无加色、贴水等弊。查五十钱、二十钱之银币，自明治三十九年而后，所铸较前缩小，民间通用无滞，中国各省银圆，彼此不能通用，殊不可解。昨停轮时，即将何时开轮，赴何处，牌示舱面，谓之出帆报告，每到一港皆然。四时回船，五时开驶。

二十七日(1907年4月9日) 戊子，阴。将抵马关，验病如长崎。晨七时，抵马关，即赤间关也。海面甚狭，对岸为门司关，相距仅四五町，门司产煤，贫民用小舟载送，每人得工价七八十钱。合中国七八角。十二时开轮，午后三时雨，虽有风，尚平稳。

二十八日(1907年4月10日) 己丑，雨。晨七时，有医船来验病，九时，抵神户，赏船中小使二圆。神户属兵库县，自长崎至此，计日里三百六十里。客栈接客者甚多，随海发盛伙登岸，先过一处，每皮包纳二钱，中国二十文。不验，又过一处，验皮包及手提物，如烟酒食物过多，须纳税也。行李箱箧，送至验货场，听其开锁验查，无绕越隐匿者，其法令之严而一也如此。到海发盛栈，栈主人姓崔，山东人，上楼必脱履，满地皆布席，吐痰有盂，大小便有定所，所用皆下女，伺应勤谨，扫除洁净，略领东洋风味矣。栈房饮食，分特等、一、二、三等，特等每人日三圆，一等二圆，二等一圆五角，三等一圆三角。余等按二等算，午后六时三十八分，乘急行车赴东，二等车价七圆二角三分，急行加一圆。

二十九日(1907年4月11日) 庚寅，雨。夜在火车不能睡，沿途停处甚多，有卖果品及茶者，晨九时，抵新桥，乘电车至东京龙涛馆客栈。

三十日(1907年4月12日) 辛卯，晴。移寓曲町区富士见町五丁目二十番地徐仲蕃太史潞处。东京分十五区，曰曲町区、神田区、日本桥区、京桥区、芝区、麻布区、赤坂区、四谷区、牛込区、小石川区、本乡区、下谷区、浅草区、本所区、深川区。全国分为三府、东京、大阪、京都。一厅、北海道。四十三县。神奈川、兵库、长崎、新泻、埼玉、群马、千叶、茨城、枥木、奈良、三重、爱知、静冈、山梨、滋贺、岐阜、长野、宫城、福岛、岩手、青森、山形、秋田、福井、石川、富山、鸟取、岛根、冈山、广岛、山口、和歌山、德岛、香川、爱媛、高知、福冈、大分、佐贺、熊本、宫崎、鹿儿岛、冲绳。其区画地段,方六尺为一间,六十间为一町,三十六町为一里,每里约当中国七里有零,街市分某区、某町、几丁目、几番地,乡里分郡町村,合数町村为郡,合数市郡为县或府,市町村皆有地方自治之责。现台湾入其版图,分为二十厅[①]。台北、基隆、宜兰、深坑、桃园、新竹、苗栗、台中、彰化、南投、斗六、嘉义、盐水港、台南、蕃薯寮、凤山、阿猴、恒春、台东、澎湖。

三月初一日西历四月十三日(**1907 年 4 月 13 日**) 壬辰,晴。坐电车到曲町区永田町二丁目二番地清国公使馆,谒杨星垣公使枢未值,与伊随员梁建甫继泰、王叔鲁克敏谈片刻,投江督咨文。东京电车络绎,自晨至夜半,来往不绝,行人称便。车有黄色、绿色、紫色区别,各行地段,沿途设无数红柱,粉笔标明某处停留场,以便陆续上下。登车买票,无论远近,每人五钱,合中国五十文。若买往复票,只九钱,谓之往复切符。若买二十回票,即二十次。只八十五钱;三十回票,只一圆二十五钱;五十回票,只二圆五钱,谓之回数切符,可收存陆续用也。如拟往某处而本车不能径达,本车另给一单,在拟到之地名上剪一小洞,可持此换坐他车,不再取钱,惟限以时刻,逾时则无效。如不识路途,询之路旁警察,无不详晰指示。仍有电车案内人,在轨道旁指点。东人办一事,即尽一事之责,大率类此。晚坐电车到上野,度不忍池大桥,岸上电灯朗照,系博览会场外也。白昼方可购券入游。不忍池俗称小西湖,其曰不忍池者,据闻下令讨幕时,德川部下号彰义队,据上野以抗官兵,大半死于其中。

---

① 整理者按:清政府于 1894 年甲午中日战争战败后,将台湾割让给日本,台湾遂开始了长达五十年的被殖民历史,中国士夫咸引以为耻。1945 年日本投降后,于 10 月 25 日将台湾主权正式移交中国,中国政府向全世界宣告台湾及澎湖列岛已正式重入中国版图。

初二日(1907年4月14日) 癸巳,晴。寓内雇用下女一名,由雇人口入所给保证书,注明六个月,每月工价若干,加盖图章,并填下女名,令下女印一手纹,雇主及下女,均给予手数料。日本米极佳,酱油鲜美,猪肉不佳,鲤鱼、鲫鱼、鸡、鸭,均可食,但稍贵耳。至蔬菜有青菜、菠菜、茼蒿、萝卜、黄瓜、竹笋、蚕豆等件,笋价尚廉,惜不甚鲜,每日清晨有八百屋菜床子小伙来问,送菜取钱,甚顺便。寓内楼上下各二间,月给赁金十三圆,另押租二十五圆。日本房屋,除官署、学校、公所,略仿西式,其余民居多矮小,四壁均用板,下有地板,去地二尺许,透空气,上铺以席,席下衬稻草,厚三四寸,席光润细密,长六尺,宽三尺,以黑布缘之,时时拂拭。其无席之处,系木板,亦极光滑,常用碱水揩洗,是以入门必脱履也。楼亦不高,无大柱,无砖墙,以方木积砌而成,极平稳,毫不响动。彼国时常地震,建筑列为专科。室有壁橱,系木框糊以花纸,如屏门然,或四扇,或六扇八扇,上下坎凿两槽,抽送自如,凡寝具衣服物件,悉置其中,故室中无凌杂之物,即大门亦系抽板。缘警察严密,纵有小窃,亦甚畏法。各家厕所有定式,分大小便两处,亦时常洗拭,否则警察即来诘责。闻有摇铃疾走者,据云卖特别新闻也,谓之号外。午后二时,往两国桥,购券观大鲸鱼,约长十丈,已死,有腥臭气,据云日人在海捕获也。三时,赴浅草公园,游动物院,购券入,虎、豹、象、狮、熊、猴、犀牛、猩猩及各种鸟兽,不可枚举。浅草有一高楼,榜曰日露战争,购券入,循梯而上,初甚黑暗,至上层,稍明亮,极目四望,系俄海军败绩情景,波涛如涌,俄舰沉没,枪林炮雨,烟焰迷天,流血飘尸,惨不忍睹,日人拍此影以纪功,其鼓舞国人,大率类此。

初三日(1907年4月15日) 甲午,晴。到神乐坂买物件。警察矗立坂上,行人由左来,由右往,厘然不紊。凡遇会场或闹市口,均有警察直立中间,分别来往行人以防拥挤。大街中不喧嚷,不争斗,道路铺碎石子,晴燥则载马车泼水,居民无倾秽水于途者,无随意便溺或吐痰者,足见日人法令之严。午后与刘竹君傅篴到上野,游博览会。日本自明治十年仿西洋各国之法,开劝业博览会于上野公园,鼓舞工商,力图进步。嗣于上野及西京大坂陆续开会,会中敷地,逐次增广,开会日期亦逐次加多。此次名东京劝业博览会,自明治四十年三月二十起,至七月三十一日止,分为三会场,合并一券,标一二三会场等字,可裁开用之。购券十钱,未满十二岁及军人、学生五钱,日曜日及大祭日十五钱,十二岁以下及军人、学生十钱,午前八时开会,午后四时闭会,今日只游第二会场,机械为多。晤赵蔼孙鼎咸,系兵部同司友也,不图于海外遇之,伊在法政速成第四班。上野有一高楼,榜曰奉天大会战,购券入,系俄陆军败绩情景,车马倾覆,尸骸枕藉,枪炮烈焰,穿树坏垣,望之可怖,恍如亲临战场,几不知置身画图中矣。又游世界周游馆,系电拍各国都城及港口险要也。亦如实临其地。儿子遵路赴法政大学上课,系速成科第五班法律部。明治三十七年,法政大学总理法学博士梅谦次郎,与伊文部省及我国杨公使商定,于法政大学中,附设法政速成科,分为法律、政治两部,专教中国学生,以华语通译,我国先后入者,已一千余人。修业年限,计一年半,分为两学期。法律部学科,第一学期,法学通论、民法、宪法泛论、刑法、国际公法、经济学原论;第二学期,民法、商法、行政法、国际私法、裁判所构成法,及民事诉讼法、破产法、刑事诉讼法、监狱学。政治部学科,第一学期,法学通论、民法、宪法泛论、国际公法、经济学原论、近世政治史、政治地理;第二学期,民法、比较宪法、行政法、地方制度、刑法、政治学、应用经济学、财政学、警察学,每人入学金二圆,每月授业料四圆。

初四日(1907年4月16日) 乙未,晴。龙紫修大令曜枢来,伊已补江都县知县,现在法政学堂。适市,见各铺招牌,售书曰书籍廛,浣衣曰洗濯廛,刻字曰剞劂铺,卖牛皮曰革商,锡名均甚典雅。曰铭茶所,曰御茶所,售茶叶者也;曰生荞麦,售面者也;曰吴服店,售布者也;曰化妆品,售妇人用物也;曰万小闲物,售杂货者也;曰精白米,售米者也;曰牛豚大贩卖,售猪牛肉者也;曰伞履物,曰履物组,曰漆器商，曰度量衡，曰冰问屋，曰某某时计店，曰某某商店，约可顾名而知其物。曰旅人宿，曰御下宿，系旅店也；曰雇人口入所，如中国之媒行也；曰某某汤，系浴堂也；曰理发师，系剃发铺也；曰十五钱均一，曰十三均一，曰二钱均一，或一件售十五钱、十三钱、二钱也，或数小件合并售此价也，缕记之以觇风俗。邀熊勉斋懋儒及同寓诸公到同兴馆午餐，系支那料理，尚可食，价比华约加倍，日本吃食店谓之料理。午后游上野公园，樱花为日本特色，现尚盛开，沿途夹道，各公园尤多，鲜艳茂密，花雨缤纷，园中小店，依树下设榻，售清茗冰水，倦游小憩，颇惬清兴。

初五日（1907年4月17日） 丙申，晴。到曲町区三番町十番地光荣馆十三番室，访赵蔼孙，谈片刻，虽系小旅馆，尚洁而静，其曰十三番室者，犹云十三号房间也。到九段坂上靖国神社外一看，樱花盛开，颇堪玩赏，此社旧名招魂社，合祀从前殉难诸臣，明治十二年，改称靖国神社。每年西历五月、十一月均大祭。社前有已故兵部大辅大村益次郎铜像。日人将历年战胜所获俄军械及我国军器，胪陈于社外四周屋内，加以标识，见之凄然。又诣社外游就馆，购券入，共两重楼，所列卤获枪炮军装战品甚夥，绘伊历次战胜各图，并将所获奉天各官德政扁额悬挂四壁，我等见之惭汗。马英甫士熙邀聚丰园晚酌，亦支那料理也，同往上野公园，一路市廛，檐际密排电灯，游人如织，到世界馆观活动大写真，并变化各戏。

初六日（1907年4月18日） 丁酉，晴。晨九时，与仲蕃谒杨公使，谈片刻，知已为余照会伊外部矣。日本邮政甚便，各区有邮政局，各町道口分设无数邮政铁柜，谓之邮便受箱，凡寄函者，按分量粘贴印花，每一印花三钱中国三十文，或购一邮片，费一钱五厘中国十五文投柜内，伊每日开锁收送数次。如无处投递，仍按寄信人地名送还，不另取资，极为便益。惟挂号之件，则须送至局内，虽与东京友人通信，亦可由邮政投递，以代小使。到神田区买零件，各店无柜台，距地二尺许，平铺地板，各货陈列板上，伊等行坐，均在板上，所着木屐，脱在地面。午后大风,晚雷雨。

初七日(1907 年 4 月 19 日)　戊戌,晴。寓内有自来水管,洁净而便利,街市亦多设自来水柜,皆从净水场铁管通来。每晚各户外燃煤油灯,由住户出资。晚到须贺町,赴徐信庵传笃宅内之约,伊全家男女均入各学校。晚行惟人力车携纸灯,余无篝灯者,街道除泥土外,无污秽之物,亦无畜犬卧道中。

初八日(1907 年 4 月 20 日)　己亥,晴,凉。浣衣无论大小,每件三钱中国三十文,甚洁净。午后小雨,日本制瓦较吾华宽大,一边微卷而转凹其中,久雨不漏。到九段坂下国光馆,榜曰辽阳大激战,系拍日人败俄景况,横尸遍野,惨不忍观。

初九日(1907 年 4 月 21 日)　庚子,晴。午后与徐仲蕃游日比谷公园,地势宽旷,树木森森,有喷水机一座,雕鹤形,水从鹤口喷上,四围亦有管激水,游人如织,有携书在茂林下观览者。晚到龙紫修处小饮。

初十日(1907 年 4 月 22 日)　辛丑,晴。午刻与熊勉斋、徐仲蕃到樱田门外诣外务省,谒岩村先生成允未值,与黑河内科男谈片刻。日人名词,有极典雅者,有颇新颖者,略记之:阴谓之昙,雨雪交加谓之霙,山底下谓之麓,瀑布谓之泷,阍者谓之门番,御者谓之驭者,工人谓之劳动者,更夫谓之不寝番,仆谓之小使,歌妓谓之艺者,匠头谓之技师,娼妇谓之女郎,保人谓之证人,浣妇谓之洗濯女,寡妇谓之后家,铜铁匠谓之锻冶屋,刻字匠谓之印判师,园丁谓之植木屋,厨夫谓之料理人,首饰匠谓之饰屋,漆匠谓之涂师屋,照像谓之写真师,剃头谓之理发人,鞍匠谓之马具屋,花儿匠谓之造花师,估衣铺谓之古著屋,绸缎铺谓之吴服屋,书铺谓之本屋,染房谓之绀屋,典当铺谓之质屋,骨董铺谓之古道具屋,钱铺谓之两替屋,粗物铺谓之荒物屋,浴堂谓之汤屋,招牌谓之看版,股票谓之株券,中国纸谓之唐纸,回信谓之返事,封筒谓之状袋,脱简谓之落丁,禁书谓之绝板书,印色谓之印肉,印盒谓之肉池,笔筒谓之笔立,笔帽谓之笔鞘,状纸谓之愿书,官府准据谓之认可状，护照谓之免状，禀帖谓之上申，告示谓之公告，办公谓之出勤，办理谓之取扱，替换谓之取替，循次谓之手续，另外谓之特别，相反谓之反对，袜谓之足袋，雨衣谓之雨合羽，卧具谓之蒲团，垫子谓之座蒲团，寝衾谓之夜着，被单谓之敷布，酱谓之味噌，烧酒谓之烧酎，二层楼谓之二阶，三层楼谓之三阶，床谓之寝台，帐房谓之会计室，妆具箱谓之栉箱，穿衣镜谓之姿见，衣架谓之衣桁，喷壶谓之如露，淘箩谓之笊，面盆谓之金盥，澡盆谓之行水盥，磨刀石谓之砥石，戒指谓之指轮，手镯谓之腕轮，开船谓之出帆，进口谓之入港，藕谓之莲根，薯谓之长芋，送物件谓之配达人，送报章谓之新闻配达人。此外名词甚多，不暇备载。

十一日（1907 年 4 月 23 日） 壬寅，晴。闲步时，见人家门首有挂爱国妇人会员小木牌者，询之友人，据云该国设爱国妇人会，每年开会数次，各校女教习到会，次第演说，研究实业，观者如堵，以故女学发达，无不识字通文。电报局、火车站、印刷局、织布局等处，多系女子任差，各店之持筹售卖者，亦多系妇人女子。邀勉斋、仲蕃等到会芳楼午饭，支那料理也，店东广东人。午后三时与仲蕃、勉斋到外务省，晤岩村、黑河两君谈谈，岩村允给介绍函，岩村通中语，曾在京师数年。与勉斋、仲蕃到芝区，游芝公园，在三缘山上，旧时属增上寺，明治六年，编入公园，冈峦起伏，道路纵横，有桥有水，临流观鱼，心神闲旷。

十二日（1907 年 4 月 24 日） 癸卯，晴。日本白米现在每斗合中国二斗约一元八九十钱，炭每俵约三十斤五十钱中国五百文，炊饭煮茗均用之。活鱼每尾约二十钱，鸡每只约一圆，鸭每只约一圆四五十钱，菜蔬每一把不过斤余需三四钱，猪肉无肥者，全系精肉，不甚佳，缘肉皮尤不可食也。猪油亦有气味，故烹调多用麻油。日人不喜食油，谓其滞腻伤生，喜食糖，各菜中均用之，是以少年即有落齿者，以金镶之。午后到上野，购券，游动物园。鸟之属，有鹤、鹳、鹭、鹅、雁、鸭、鸂鶒、孔雀、鹦鹉、鸺鹠、锦鸡、驼鸟、雉、鸢、鸽、白鸠、斑鸠、凫鹥、鹫雉、刁鸭、鹦哥、知更雀、白头翁、吐绶鸡、珠鸡之类,或甃以水池,或构为巢屋,或装入笼内。兽之属,有虎、象、豺、狐、骆驼、猴、骡、獾、山羊、羚羊、家猫、熊、罴、獐、貔、山猫、猪、北极熊纯白、兔、鼠、驼羊、犀牛之类,又有麒麟二,系长颈,瘦长腿,身有斑点,栗色,又有名四不像者,面似驴,牛身而羊尾,其耳如马,奇兽也。又有鱼池,有鲫鱼、鲤鱼、金鱼,最奇者鲵鱼,四尾鱼身,远望之如大黑石一块。鸟有名参羽者,标名濠洲产,有名狗鹫者,标明朝鲜产。此外动物尚夥,多不知名。园内有卖冰水、汽水者,小憩片时,至四时,闻园门击柝声,即不许游人入矣。

十三日(1907年4月25日)　甲辰,晴。日本阅报处甚多,听人入内纵览。各公园听人游览,无折取一花一木者。池沼多养鱼养龟,游人投饼玩戏,绝无私取一鱼归者。警视厅立一牌于池中,有禁捕鱼鸟字样,国人遵守,莫有犯者。午后到上野,购券,游博物馆。门内有喷水机一座,有楼一重,规模宏阔,楼上下陈列各品,共分五部。曰天产部,凡动物、植物、模形及矿产均属焉,干腊植物,不可枚举,动物亦各种俱备,内有虎、象、熊、蛇等之极大者,皮毛经药水制过,久而不变,有长尾鸡,尾长一丈有奇,可谓见所未见。矿产罗列数千种,金、银、铜、铅、水晶、玛瑙之质,杂然陈列。曰历史部,金石、图画、书籍、泉币、度量衡、礼器、乐器、军器、衣服、舟车、文具、玩具、用具,以及上古遗物,奈良时代遗物,琉球、虾夷、台湾风俗,外国风俗各类均属焉,其书籍字画中,有残本宋刻《广韵》,及王澍所临欧字真迹,上古物有石椁及残缺土偶等,又磁制中国妇人弓足,并未缠布,又有小泥人,手持鸦片烟枪,对妻作惧内状,又有一室,专藏中国古砚玉器玩好,系庚子年掠自都中者,睹物伤怀,殊难自遣。曰美术部,绘画雕漆之类均属焉。曰美术工艺部,印画及玉石木革纸竹诸制造品,以及烧制、织制之类均属焉。曰御物部,御用冠带辇扇之类均属焉。流览一周,目迷五色。

十四日(1907年4月26日)　乙巳,晴。到田中银行。伊等办事，甚有条理，存款时，将图章交伊，印入印鉴簿内，给一存款手折，支款时，用伊处空白纸，填数目，写姓名，盖用原图章，随折投伊柜台。伊柜分预金、收纳、支拂、受付四处。受付处，系借钱还钱之所也，若付存款，由预金处收下，验明图章，给予有号铜牌候领。俄顷，里面将款查齐，由支拂处换领，交折收牌，毫不紊乱。按存款日期给利，每一圆日可得一钱三厘，旅人便之。每日办事，自午前八时，至午后四时，日曜日不办事。午后到上野游博览会第一会场，系制造各器械，如度量衡，及医家用具、各种乐器、各种绘画、童子玩具，更难仆数。

十五日(1907 年 4 月 27 日) 丙午，晴。晨九时，与仲蕃往外务省见岩村君，岩村交下介绍函十六封帝国大学、弘文学院、振武学校、东京美术学校、东京音乐学校、东京盲哑学校、东京府师范学校、第一中学校、女子高等师范学校、常磐小学校、警视厅、日本银行、东京府厅、地方裁判所、司法省监狱局，信均封口，一面写某某学校等字，旁画一押，一面下边印"外务省政务局"六字，旁有"外务省用"四字。据岩村云，查看监狱，由司法省商定日期，故函致司法省也。至内函之信，系东文，首一行编第某某号，次数行，大致谓清国两江总督派来之员，由清国公使知照，今参观某处须招待等语，下写明治四十年某月日，又印外务省政务局，即用此六字红木戳，后面又开某某学校，又开某官某人，随员某人。晚，雨。

十六日(1907 年 4 月 28 日) 丁未，晴。日本依山建国，地势或高或下，雨后冲洗益洁，各户沟路亦极通利，流去秽浊，有益卫生。午后，到浅草一游。浅草，繁华地也，技艺杂陈，游人如海，往看戏，多不可解，惟众儿童踏皮球而行，尚称稳捷。又看活动大写真。又看木马，系一大磨盘，用铁索带转，如走马灯然，安设无数铁马，欲上盘乘马者，略加数钱。

十七日(1907 年 4 月 29 日) 戊申，晴。晨八时，与熊勉斋、徐仲蕃到日比谷町东京府第一中学校，先到事务室，投外部介绍信，并给以名片，有人引至应接室略坐。有桂木房吉者，该校评议员充庶务系,引观各处。到各讲堂,或已下堂,或未下堂,有教英语者,据云本校外国语言文字,惟有英独二国。到博物室、理化室,又理化实验室,到博物讲堂,生徒坐位,后高于前,分十数层,俾后面生徒,得目睹教员指授,此法甚善。又到体操场,诸生方在场游戏,忽闻吹号,肃然成行,步武齐整。额设八百名,分五学年,共二十一级,一学年、二学年均五级,三学年、四学年均四级,五学年三级,分为甲乙丙丁戊等组,每组现三四十人,每组有组长三人,其学科目,系修身、国语及汉文、外国语、历史、地理、数学、博物、物理及化学、法制及经济、图画、唱歌、体操。又至校长室,校长胜浦鞆雄,谓东人甚尊重孔教,伊等求通汉文,甚觉费力。同时来参观者,有王次欧大令祖询,系浙江秀水人,新选湖北通城县知县。又到司法省,诣受付室,投外部函件,并给以名片,有人引至接待室,旋引至监狱局。案卷罗列,人各一几,几上有小橱,装案卷,翻阅者、书写者,各治其事,井井有条。内为官员判事之所,毋许轻入。顷之,交一券,厚洋纸印成,长三寸许,宽二寸许,首写第几号,又一行写一证字,又写余及随员、翻译姓名。据云券外人不得阑入,又一行,系许观巢鸭监狱等字,又填明治某年月日,又末行印“司法省”三字,又盖用“司法省监狱局”六字红戳,反面印参观规条一二则。

十八日(1907年4月30日) 己酉,晴。晨八时,与仲蕃、勉斋到小石川区指谷町盲哑学校,在受付室投外部信,至应接室小坐。该校训导有川直志云,全国共三十六校,此其一也。壁上悬图甚多,有一扁,题曰“国无弃才　　清国吴汝纶题”。几上罗列各书,均无字,似针孔,凸形,有川君唤一女盲生出,随翻一页令读,盲生右手二指摸凸处,由左向右,朗诵如流,可爱可悯,惟系东语,余不能解。又至一教室,盲师坐论,诸盲生约二十人坐听。又至按摩室,盲生在一生肩上按摩。又至哑生图画教室,教员亦哑者,诸生绘画,有精良者。又至哑生教室,漆板粉字,解者举手。又至琴教室,女盲师戴墨晶眼镜教琴。又至琴练习室,又至木工教室,哑生习雕刻,室外悬所雕山水花卉图甚精，又至一大讲堂，据云盲哑同堂，分左右，哑者不闻，盲者不见，指授口授，两不妨也。又至裁缝教室，哑生制衣服，彼此索物，以手作势，又至体操场，哑生彼此掷球，盲生另一处排列，听教员口号，携手鱼贯行，顿足作声，教员牵一生手，引登高墩，众生相随，曲折上下，并不倾跌，可谓操演纯熟。又一室，制盲生读本，用白洋铁片两层，置机器上，按一二三四五六点，制为字母，手捺足踏，铁片成凸点无数，用厚洋纸夹两片中，置别一机轴间，旋转一过，纸上印有凸文，连印数纸甚速。有川君特演制一片，令翻出，系明治四十年四月三十日，光绪三十三年三月十八日，记名军机章京陆军部郎中杨芾、从员徐潞及熊懋儒，从东京盲哑学校参观等字，亦奇速矣。盲哑均分寻常、技艺两科，均五年级。盲寻常学科：国语、算术、讲授、体操，技艺学科：音乐、针治、按摩；哑寻常学科：读方、习字、作文、算术、笔谈、体操，技艺学科：图画、雕刻、指物箪筒箱盆台之类、裁缝。现在盲生一百二十名，哑生二百三十名。有川君嘱题簿上，仲蕃拟“明目达聪”四字，勉斋书之，簿上先有题者，系“振聩发聋”、“功侔造化”等字。楼上有哑生所绘扇面，购数柄归，残废之人入校数年，各习一艺以糊口，可谓仁政矣。邀仲蕃、勉斋到会芳楼小酌。

十九日西历五月一日（**1907 年 5 月 1 日**） 庚戌，小雨。晨八时，乘人力车到巢鸭监狱，门首木牌书“巢鸭监狱”四大字，铁栅栏为门，守者验明司法省券，乃得入。进门，一大空场，旁有制造陈列所，系犯人工场所制物也。至受付室，投券并片，至应接室，坐候良久。看守部长高桥国义，引入办事室。一木架，排列无数抽屉，编号数，装各犯所收所发之信，凡来往信，先由办事人阅看，然后交发，其详慎如此。某号系某犯，典守者尽知，不露姓名，养其廉耻。又悬一牌，记在监人数，标明五月一日中历三月十九日在监共二千一百四十四人。又引至工场一看，凡六场，每场分东西南北四部，对面四间，第一工场，纺织工、裁缝工、铁工之类；第二场，木工、雕工、履袜工之类；第三场，草帽工，亦有纺线制袜等工；第四场，亦系裁缝纺织等工；第五场，制洋伞工,亦有造铁货、制草帽者;第六场,绩麻、结绳、舂米、磨麦及竹工之类。每部有军装佩刀者,直立监察,门首均大书数字,如“业精于勤”、“有志者事竟成”、“德不孤必有邻”等字。各部设高案,有人持簿记工作勤惰。犯人皆赭衣,分列跪坐,各勤其业,恪循规矩,不少喧哗。场外及各处均有小铁道,凡运物件,装煤装饭等事,用有轮小车推行,既省力,又迅捷。至狱所一看,据云此系南监,分为五处,每处一直巷,对面共三十房,房门如瓦式,有小圆隙,便监察。进房一看,每房容十人,被褥枕皆赭色,有盥具、自来水管、小便处、大便处,地板去地尺许,可由墙外扫除,架上有书数本,有规则一本,房内无人,均赴工场。五处之首,为圆隙地,分匀五巷,如梅花式,标明第六监、七八九十等监字样。据云北监一二三四五,亦似此也。又至电气室,又至蒸气室,系炊饭之所。穴地烧煤,铁管斜通板上,板有圆孔,与铁管平,每孔上置大木饭桶,桶下亦有圆孔,桶内无数铜罐,罐底刻一二三四五六等字,犯人有勤惰,故饭有增减。其饭以米四成麦六成为之,每人一罐,火气四绕,罐饭均熟。又有桶蒸菜,仿佛系大笋片,饭紫色,虽粗,甚洁净。又至浴室,凡二处,每处可容二十人轮流洗浴。又至楼上大讲堂,供佛像,每礼拜,本愿寺僧来说经,令知忏悔。又一室,列衣服及食器,有病囚所用者,有雨时所用者。旧食器系木制,现改良用磁器。又引至暗室外,据云犯人再有罪,即入此,现在内有一人,闻北监亦有一人。又至病监,犯人皆白衣白被,每室四人,亦洁净,有医室、调剂室、药物室。楼板下对狱所,有方洞,嵌玻璃,便于稽查。又由楼板通电灯于各狱所,凡炊爨灌溉各役,皆赭衣为之,流览一周,几疑为一公所,或一工场,并不知为牢狱矣。

二十日(1907年5月2日) 辛亥,微雨。与徐仲蕃、马英甫到日本桥区本石町一丁目常磐小学校,至接待室,留姓名于参观簿。训导小向勇藏,将各生成绩本交览,有绘画甚精者,有作文数句甚顺者,内有一女生数句云:“勿谓今日不学,尚有来日,勿谓今年不学,尚有来年,日月逝矣,岁不我延,呜呼老矣,是谁之愆?”其书法亦圆稳。至体操场，甚宽大，地平如镜，男女生均不过十一二岁，教员按风琴，一人在旁唱说，制为鸦飞唱歌，唱鸦飞则众生两手如张翼，唱东飞则东指，西则西指，或昂首，或拍掌，形声画一，不少参差，稍停，任其游纵，忽吹号，则纷然成列。又观稍长之女生体操，尤为娴熟，或俯或仰，或伸左手，或右手，或随手落膝，或伸左右足，或举步顿足，众履同声，又在场绕为大圈，步伐齐整。该校附有幼稚园，其幼童亦在场游览，场有木盘，中贯以木柱，距地数寸，幼童或坐木盘上，或立地推盘而转，有保姆领带，导以游戏，启其知识，诚良法也。至楼上各教室，有传风琴者，有教裁缝者，有授读者，分寻常、高等二科，各四学年。幼稚园亦在楼上，谓之开诱室，两童共一小几，以五色纸及麦茇为玩具，安坐低言，天真烂漫，殊堪怜爱。小学校科目，寻常科系修身、国语、算术、体操、图画、唱歌、裁缝女每周裁缝课二小时，男无裁缝，每周（国语加算术）二小时；高等加地历、理科、商业、英语。教授时数，按学年递加，自每周二十一小时，至三十小时不等，仍以国语为重，约每周或十小时，或十数时，缘文字不通，各科均无从致力也。晚到靖国神社看灯，明日天皇亲祭，近数日，该处各货纷列，游人如海。

二十一日（1907年5月3日） 壬子，晴。晨九时，到靖国神社，明治天皇来祭社，乘马车，军装，前后从骑十余，观者脱帽呼万岁，皇后亦到。

二十二日（1907年5月4日） 癸丑，晴。到三崎町上洲屋运送店，仲蕃将返国，托运箱件至江宁，每重一吨，连保险约费七八元，日本运送店极多，如随身物件过众，沿途无人照应，交伊运送，绝无损失。

二十三日（1907年5月5日） 甲寅，晴。午后二时，徐仲蕃到法政大学行第四班速成科毕业式，随往观之，盖本有参观席也。校长梅谦次郎登台，给前十一名证书，均有奖赏书籍，至十二名以后证书，交一生领下分给。梅校长先演说，次杨公使演说，讲师演说，亦有来宾演说者。公使系华语，余均有通译，每演说毕，诸生皆鼓掌致敬。

到帝国汤洗澡,人三钱,如擦背,加一钱,水桶长六七尺,水微热,深可齐乳,立洗片刻,即坐地板上擦洗,另有小池水可浇净,不得在大桶内洗擦,致令垢污。地板光滑洁净,中有水道,女浴室即在隔壁,却望不见,惟大门内即系柜台,在男女浴堂分中处,一女主人端坐向内,未免嫌疑弗避耳。

二十四日(1907年5月6日) 乙卯,晴。晨八时,到牛込区,坐甲武线电车,此车按路给钱,不似他电车之无论远近均五钱也。到本乡区汤岛町女子高等师范学校,投外部函至应接室。有富岗亀门者,系庶务挂主任,略与谈论。该校附有高等女学校,又附小学校,又附幼稚园。先送至幼稚园接待室,有中村五六者,系幼稚园主事,引观各教室。满三岁以上至四岁,四至五岁,五至六岁,各分教室。保姆在极矮大方桌前,群儿环坐,教以积木,或叠为山形、桥形、房屋形,至标本室,罗列小儿玩具,至游嬉室,系极大空屋,陈列小战鼓、小人马等件,盖启其知觉也,又至幼稚园分室,女师画鲤鱼于漆板,笑示群儿,又见诸保姆带领在树阴下游玩,随手指示,盖保育之课目,不过游嬉、唱歌、谈话、手技而已。幼儿定员百二十名,分室之幼儿六十名。又引至小学校,在楼上,各生成绩表,有图画,有习字本,均不甚劣,分寻常、高等二科,均四学年,至高等二年教室,女师讲建武中兴之业,据云论醍醐天皇也。诸生解者举手。至高等一年教室,女师讲东京市地理,指图详说。至寻常四年教室,女师讲国文,令某生读,则某生出席。又至楼下寻常一年教室,系幼稚园初拨入者,尚不能诵读,教以物件,谓之实物教授,见女师持一球,指示演说。至寻常二年教室,系男师教以浅算,在漆板上画码相示。又至二部教授教室,见诸生各持一寻常小学读本。至裁缝唱歌教室,生徒已散。一教室,女师教算,悬一物,谓之计数器,木为四框,横铁丝十二条,每条列大算珠十二个,一一拨示,因生年尚幼,但令记数而已。此外各教室,有习字者,有习国文者,至内体操场,诸人牵手环行,得得作声。至手工室,凡各种模型:小屋、小船,及剪刀锥锯之属,无一不备。据云小学教习二十三人，生徒六百余名，均计毕业之时，不过十四龄耳，程度均略有可观。又藤五代策者，引观高等学校，至音乐教室，女师奏风琴，诸生和而歌，音节铿然。过专攻科室，至英语教室、裁缝教室，又至图画教室，诸生所绘花卉人物，甚属鲜明。又一教室，男师教地理，悬日本地图，及各种地图于壁上，师持竿逐细指说，各生执一纸本，将师说录入本内，时用朱笔，时用蓝笔，五色斑斓，可爱之至，仍各披地理书及小地图参考，耳听手挥，精心研究，盖高等之程度，更有进矣。又一人引看高等师范学校，至地理标本室，罗列各地图，并地图模型；至历史标本室，图籍甚多；至文科教室，男师教中文，诸生持白香山诗一册；至裁缝教室，女师指示制衣之法，刀尺布线均备；至图画教室，又至博物标本室，皆各模型也；至化学室、物理室，药水瓶无数；过图书阅览室，众女子在内，或看书，或阅报；又至体操场，男师教授，携手围绕，左转右旋，无不如志；又一室，甚宽大，每大方桌，对面坐四人，丹铅俱备，据云师范毕业生在此图画也。该校敷地甚广，合数校于一处，各尽其职，肃然无哗，流览一周，叹服无已。

二十五日(1907 年 5 月 7 日)　丙辰，雨。路儿延日人教东语，每日二小时，月奉二圆。日人谓中国语甚难学，近日颇有延华人教华语者。

二十六日(1907 年 5 月 8 日)　丁巳，晴。晨八时，到赤坂区青山北町五丁目东京府师范学校，投外部函，至应接室小憩。有人引至语学参考室，各架陈列中国书籍，如《史记评林》、《管子》、李杜诗集、《康熙字典》、诗韵诸书，难以缕述。又有各国书籍、日本书籍。至数学参考室，系算盘、尺秤等件。至地理历史参考室，悬挂各种地图，并日本各名臣小像，又各国物件，内有明孝陵之琉璃瓦。至历史地理教室，教员娓娓陈说。至内操场，现无功课，一室排列洋枪战服，备兵式体操用也。至外操场，正演豫科步法。寄宿舍全在楼上，据云无走读者。过金工室、木工室，至手工教室，一师绘图指授，各生削木为小木座，必中绳尺，不差累黍。至博物标本室，有门通博物教室，其时无功课,见诸生坐位,后高于前,均得见师指授,且标本可就近参考。至物理化学教室,教员持寒暖计指授,有门通理化器械室,各药水瓶甚多,旁有小便室,盖下人听用处也。师范分本科、豫科,先入豫科,二年毕业,升本科,四年毕业,充小学教员十年,谓之义务教育。本科现有三百二十人,豫科八十人,另有一师范讲习所,为贫士设,定额五十人,一年修业,即可充小学校员,因匆促未往观。内附属小学校,至楼上唱歌教室,皆男生,据云小学校分男女为二,各分寻常、高等二科,寻常不取学费,高等月五十钱,各计寻常、高等男女现七百余人。楼上下均有教室,周览一遍,至一教室,女生悬腕临大字,甚圆稳,至裁缝教室,又至操场,教员吹一声,诸男生成列而走,得得作声,忽一吹,均立定,又一吹,均加帽于首,有白者,有红者,红白分两行,忽吹一声,诸生哗然夺帽,白夺红,红夺白,约数分钟,又一声,红白各成行对立,以失帽多者为负,胜者鼓掌,如是者数次,俨然以兵法部署之矣。陆亮臣太史光熙来,甲辰庶常,直隶人,在振武学校。

二十七日(1907 年 5 月 9 日)　戊午,晴。到上野游博览会第三会场,此场较小,只体育会一种,有木栅栏,围成一大空场,罗列各样机器,听游人运动。有运腕者,有运足者,有运动全体者,有秋千绳索,有软梯,有将皮球遥掷于高悬之线袋者,有小木船可乘坐自行者,有皮鞋下安置圆木可急行者,式样繁多,不能备举。后面一大水池,有人赤身下水游泳,皆所以卫身体、练技艺也。刘润琴殿撰春霖来,直隶人,余癸卯会闱所荐士也,在法政大学速成第五班政治部,住法政寄宿舍,月费十三圆有奇。

二十八日(1907 年 5 月 10 日)　己未,雨。晨八时,到日本桥区本两替町日本银行。投外部函,至楼上应接室,与松木治国略谈。据云总裁等赴横滨有事,匙钥携去,今日只能略看。先过一所,有一机器,系将应毁之票凿孔者也。又一室,甚宽大,系废票对号处,女工百余人,列坐,各持一底簿,并废票无数,对号加戳,甚敏捷。又引入升降机,摇动关捩,下去两层,落平,至一处,系库门也,上写北口二字,启钥入，四壁粉而加甃，中悬电灯八九盏，地窖不见天日，昼亦须灯，有铁轨，运金银较省力，有甲字金库，又乙丙丁戊己庚壬等金库，据云共十库，尚未见辛癸二库，库内不容人到。甲字库较大，略看一过，出库门，不必上升降机，循楼梯上去，有一壁洞，安设小水龙，防火灾。临街有国债局、出纳局，存款取款者不绝。是日游览未遍，与中里武之进商订重来。午后，雨渐大。汤济武比部化龙来，湖北人，亦余癸卯会闱所荐士也，在法政速成四班，已毕业，考列优等。

二十九日(1907年5月11日) 庚申，晴。迮希孟龙山来，高邮人，在东洋大学，略通东语。晨九时，与希孟、仲蕃到富士见小学校即在富士见町，诸生体操，分男女，或掷球，或携手对跳，旋转如意。楼四面上下，均有教室，有习字者，有习裁缝者。内附属幼稚园，自满三岁起，至六岁止，各分教室，教以诸玩具，有保姆领带，又一空室，设大圆飞来椅，群儿环坐嬉戏，浑然天真。邱蜀门景夔来，扬州人，在法政速成四班毕业，将归国矣。晚为仲蕃、蜀门饯行，邀同兴馆小酌。仲蕃证明书已领下，计功课平均七十三点，据云共十门，以平均六十点为及格，闻第一名平均八十二点，记以备考。

四月初一日西历五月十二日**(1907年5月12日)** 辛酉，微雨，午后，霁。往游观战铁道，买券入，仿佛坐火车上，车轮历碌，一面有玻璃窗，见日俄在奉天接仗情形，日兵奋勇状，俄兵败绩状，阴云惨淡，枪炮有光，东窜西奔，死亡枕藉，忽过高山，忽到旷野，渐渐似天暝，各营灯火明灭，俄倾天明，战斗未已，实则系画动，非车行也。至东明馆劝工场，随地曲折，列货尚多。

初二日(1907年5月13日) 壬戌，晴。晨八时，重到日本银行，有人引过株式局、计算局、检查局、秘书室，均系办公之所。又至总裁室，甚轩厂，据云总裁一人，副总裁一人，均任期五年。又至议事处，据云每年二月八月第三个土曜日，株主毕会于此，旁有一台，总裁等正坐，各株主在台下列坐。至标本室，将柜内标本匣陈列几上，计十六匣，每匣抽屉五个，每抽屉或三五十种，或大件数种，有日本历代金磅,长圆式,大四五寸,随时式样更变,有历来银币铜币,又各国金银铜币,又中国大元宝,并各省银锭,又中国历朝古钱,又清朝制钱,有纸币标本一册,粘贴日本从前纸币,及在台湾军用纸币、各种汇票,又中国各银票,又英国银票。又至毁票处,一石座如塔,下有火门,上有圆洞,搭一棚,缘梯而上,将废票从洞掷内焚烧,有人监察,可以杜弊。该行办事精密,甚有条理,资本一千万圆,分五万株,每株二百圆。十时,到东京府厅,投外部函,至应接室略坐,有关诚者,接谈片刻,因事不能引看。至东京市役所,投外部函,该所即在东京府内,分九课,曰内记课、土木课、水道课、会计课、庶务课、劝业课、卫生课、教育课、调度课,凡市间制一物,皆送验,是否于卫生教育有关,必候该所核准。至劝业课,市造之度量衡,送该所核验,合式,印一定字,不合,则印一改字。至土木课,凡有建筑,先行绘图,学校及公所,均有图,甚精致。询以水道事,桑岛谦三为作介绍函,令到淀桥净水场投之。仲蕃邀会芳楼晚酌。英甫邀新声馆看活动大写真。

初三日(1907年5月14日) 癸亥。午后大雷雨,有雹大如豆。五时,日出,东京天气,时雨时晴。

初四日(1907年5月15日) 甲子,晴。徐仲蕃是日动身,在三崎町上洲屋买春日丸船票,系特别三等舱,计十八元,比三等只加半价,不似三等之嘈杂,闻特别舱,只数船有之。午后三时,送仲蕃出东京,坐电车至新桥,换坐三等火车赴横滨,每人三角一分,由新桥起,中历品川、大森、川崎、鹤见、神奈川五处,均稍停,约五十分钟,已抵横滨,属神奈川县。到街市一走,有中国街,系华商,邀仲蕃等到聘珍楼一饯,店东广东人。春日丸明晨开轮,余回东京。

初五日(1907年5月16日) 乙丑,晴。成城学校开运动会。晨九时,取特别入场券,往观之,有来宾布棚,可坐观。日人与日人竞争,华人与华人竞争,有徒步竞争者,有二人三脚竞争者,两人左右腿捆缚同行,与另二人竞速。有鳍握竞争者,疾走之时,随手拾取一物。有数学竞争者,出一算题,以到时算出为胜。有障害物竞争者,四面设毛毯，或网绳，疾走时，匍伏穿而过。有长下驮竞争者，着木片鞋，其前比足长数寸，倾跌者甚多。有戴囊竞争者，首戴一布袋，以走而不落者为强。有人马竞争者，非真马也，系左右两人，抬中一人之左右腿，中一人两手，搭前一人肩上，四人共走，与彼四人争先。有蛙飞竞争者，一人俯伏，一人跃而过，行数十步，彼伏此又跃，系两人与两人争先，以上各竞争，凡到在前三名者，各夺一旗，领奖赏。余观至午刻先归。

初六日(1907年5月17日) 丙寅，晴。晨十时，到新宿淀桥净水场，投市役所介绍函，场极宽旷，其水由丰多摩郡和田掘内村开通引入，计二千三百间六尺为一间，凡沉澄池三，滤水池十八，净水池一。沉澄池地势较高，分为三格，引远水入三池中，三池下口，标曰沉澄池出口，由高注下，开长渠一条，渠旁有砂洗场，安设机器木桶引水倾砂，入桶滤洗。水由地沟流出，障砂泄水，迂回入滤池中，下铺石沙，愈滤愈清，可照须发。池外均有水渠，覆以石板，但闻水声潺潺，有一小屋，标曰净水池入口，从窗隙窥之，平铺地板，水流其下，从此入机器室矣。其机关室，有唧筒机械四台，东京高处食水，由地下铁管通去，其机器压力，可由地盘上喷高八十尺至百尺也，至低处食水，据云本乡元町，及芝荣町，各分设净水池，亦由淀桥注入，东京百五十万人，咸取给焉。该场取源固远，而给水铁管通入市廛，又长至二十六万二千三百五十间，创议之初，颇费经营，耗八九百万圆，至大功告成，每年官收水费，甚属不赀，而民间利益无穷，于卫生极有效也。自憾言语不通，不能曲折询问，约略流览，不觉已至午后，坐新宿电车归此车专行甲武铁道，与东京市各电车不同，每人由新宿至牛込不过五钱，约不下中里十余里。谒杨公使，谈良久。公使在户部主政时，即随何公使如璋充参赞官，现又出使多年，谈日本情形甚悉，据云日本从前政令，亦不如此整齐也。晚，雨。

初七日(1907年5月18日) 丁卯，晴。午后，到浅草公园一游，林下风来，池边鱼跃，从容览眺，襟怀豁然，到花屋敷即动物院购券人。此地前曾游过,动物繁多,难指其名,姑略记之:狒狒,面似猿而毛较长;有孔雀;有冠鸠,毛色蓝;有蝙蝠,毛极黑;有印度牛,毛似驴而脊肉高耸;有印度熊,黑小无尾;有黑豹,似狗,面稍小,足稍短;有四目鹿,谛视之,却不见四目也;有七面鸟,毛羽斑然,微似鸡而大数倍,嘴上有红肉下垂;此外各鸟甚多,难于备述。有一鸟,毛羽极红,两旁有绿色,长尾铁嘴,甚可爱;有朱鸡鸟,毛色似鸡,而尾长如鹊。附近有水族馆,亦购券入,门内黑暗,为玻璃屋数排,内有水有山石,均插汽管换气,俾水族可畅生机,鱼类最繁,五色斑斓,巨细毕备。一室,水深数尺,有海驴,其游行似大鱼。又一室,有膃肭兽,亦似大鱼,忽跃坐石上,其鳞可以代足,真奇异也。一绿蠵龟,长二三尺,蓝白花纹,真见所未见矣。

初八日(1907 年 5 月 19 日) 戊辰,晴。午后到上野重游动物园,再补记之。珠鸡,小首细冠,毛羽丰厚,黑点密密如珠;桑扈,小如鸠而尾稍短,米色,颈有绿毛一道;鹦鹉,洁白可爱,殆所谓雪衣娘者耶？蝮蛇,长不过五六寸;又有鹈鹕,微似鹤而颈足均短,惜见闻寡陋,不能多识其名。

初九日(1907 年 5 月 20 日) 己巳,晴。到曲町区,过八重洲桥,诣警视厅,投外部函,至应接室。有人引至一处,所悬撮影,不下数百件,或图各处警察署,或绘历任警察官,有消防图,描绘救火之状,有犯人被缚图,据云此未改良时之办法,今不若此矣。玻璃匣内,列小儿玩具百余种,如泥人泥马,或泥物铅物之类,一一标明泥铅有害无害。又列五色头绳,亦揭明颜料之有毒无毒,据云今市上所售各物,绝无毒人者矣。又一匣,列犯人刀剑之属,即凶器也。又有尺许长泥人数个,缚之以绳,据云犯何罪,当如何缚,有牌标明羽交绳、浪人绳等字,亦旧式也。又罗列现今不用之器具,以明其一切改良,并有废纸币数张。又一室,药水瓶纷列,有置火上者,验各市食物之性质,恐其不能卫生。又引看救火机器,如四轮马车,车中有蒸汽筒,借蒸气以吸水放水,水由皮袋出,可高至十余丈,一有警信,至迟五分钟，即已驾车赴救，从前之器，皆购自泰西，近则日本能自制，泰西木质系本色，日本则加以朱漆，标本室内，有救火器具模型，其形式甚多。日本警察分五部，一政治警察，二侦探警察，三风俗警察，四卫生警察，五消防警察，竭三十年研究之功，渐底完善。东京警察署凡二十余处，消防分署数处，巡查数千人，凡充巡查，均由考课毕业而来，故凡矗立街市者，均能明于公德，不愧保安二字，近年新设骑马警察，巡视尤为迅捷。吁，国内之所以安，日人之所以强也。十时至蛎壳町东华小学校，投公使介绍函，校长名伊藤改良，与谈论，颇洽。据云分寻常、高等二科，寻常男女八百五十人，高等二百余人，共一千一百人，寻常四年毕业，高等二年，并云他学堂均四年也，共教员二十二人，内高等四人，楼上教室十一、楼下七，此校明治三十四年创立，出示学生成绩表，如缀方书方图画之类，虽尚平平，然规模略具矣。引至女高等二年教室，女师出席，女生亦出席，均俯首答之如礼。又至寻常男一年及二年、四年教室，有读书者，有授历史者，又至体操场，女高等一年二年生游戏体操，一男师按风琴，二百余生，或在中央，或在四角，或分或合，或左或右，或两人对握跃而转，或五六人牵手环而奔，或参错而行，或排列而进，东南操何式，西北亦同，不谋而合，皆依风琴节奏也。至唱歌室，女师谱风琴，诸男生皆歌，女师又口授歌曲，婉转抑扬，其音娇脆。至教材室，标本图书，尚不甚备。闻校外有幼稚园，校长不暇引看。至有马小学校，距东华不甚远，投公使函，至教员室，与川崎弥总治接谈，该校亦分寻常、高等二科，至寻常女三年教室，男师授寻常小学读本，又至高等男一年教室，及高等女一年并二年教室，或女师教理科，或男师教英文，已届正午，教员纷纷下课，均在教员室休憩，男师在一起，女师在一起，或翻书，或令人购饮食，或自携辨当，辨当者，小洋铁盒，冷饭冷菜均有，日本学堂，无不似此，不比中国之学堂，备师生之食宿，耗费巨，且滋口舌也。午后一时，到牛込区，坐甲武线电车至新宿复换火车，赴北丰岛郡王子村，即八王子也。中间仍由赤羽换车，方达王子，计由新宿至王子，几合中里三十里,幸下车不远,即到印刷局之抄纸部,投公使函,至应接室,村松文次郎云,此政府设也。先引观蒸炉七座,又引至草屋,麦稻草皆可做纸,布棉尤佳,树皮亦好。又引登楼,楼板一洞,如风斗式,将草装入,即通楼板下大圆锅,加药水蒸烂,下楼视之,见锅形如大圆球,徐徐旋转,有铁管通墙外地沟,流出渣滓,黑色,即草与药化成者也。复流入墙内方池,用自来水管冲洗,黑渣渐白,装入木桶,运至楼上,用机器鼓动长袋,分布各桶,桶甚大,楼前后板略分高低,高处纸浆六桶,有机器圆磙在桶内旋转,有活水漂激,渐渐融化变色,即将孔放开,流入低处之六桶,亦有机鼓荡,有活水漂洗,高处纸浆尚黄而粗,至低处之桶,已白且细矣。又由长布袋穿壁而过,循至一室,见纸浆从高处木匣流出,洁净无比。下设机器数架,长十余丈,中有无限圆轴,似以毡绒包裹者,机面平铺以布,纸浆流入布上,有圆轴一路转压,只见布下水点直流,渐远渐干,盖地下有火气也。机器徐徐牵掣,行至前面,见纸卷于机上之轴,俨如一卷白布。至纸之或薄或厚,或粗或细,视原质为准。又引至分纸与截纸室,分纸皆女工,约七八百人,查点张数,分粗细,堆积无算,以便出售;其截纸,将长刀置机器上,一截而齐。至日本纸币之纸,系三椏皮为之,民间不准制也,闻岁费三十余万圆,获利甚厚。六时看毕,候火车,至七时始开,约十五分钟,已至上野停车场矣,似比新宿为近。旋乘电车返寓。

初十日(1907 年 5 月 21 日) 庚午,晴。晨八时,到本乡区元富士町帝国大学,此为东京各大学之冠,敷地甚广,课目亦繁,学生数千,皆在他学堂卒业而程度又极高者。分为工科大学、理科大学、法科大学、医科大学、文科大学、农科大学六门,每一科较他学堂仍逾数倍,农科另设他处,缘敷地过广也。匆促参观,甚非易易,然左宜右有,随处考究,皆可裨益见闻。先到大学本部受付室,投外部函,至应接室,该校各科相离,如隔街市。先引看工科,凡各教室及制图室,均不暇看,亦不必看,缘该校生徒程度已高,自在室内研究,无待教员一一指授,故观大学与观他处学堂不同,不必观教室,但观陈列室而已。

至机械列品室，凡蒸气激水器，以及轮船一切各机器模型，或系全体，或系拆散，不下数千种。至建筑列品室，凡建筑房屋诸式，皆有模型，标本不下数千种，其大寺院，均绘图悬之，建屋式样，多用斜十字木条支撑，据云防地震也。至造船科学列品室，凡轮船、划船，俱有模型，或系船首，或系船尾，或船中机器，及桅、桨、绳、风筒、软梯之类，剖别分列，供学生考察。至造兵科学列品室，列各种枪炮，及炮弹、枪子，有系原物者，有缩为模型者，演放应用各件，无一不备。至采矿及冶金列品室，各匣矿质，不下万余种，其矿山及采矿之法，俱有模型。至应用化学列品室，药水瓶满几满架，其器械原料模型，亦不下数千种。据云工(料)[科]共列品室七，今已周览六处，唯电气室未看。有人送至理科，至光学实验室，发电气，由细皮圈通入玻璃泡，泡内光绿如磷火，用纸一片隔之，以手置纸之反面，筋骨皆见，据云其器为克路斯，其光为爱克斯光，其纸则以锑硫粉敷过者也。又引至一室，将窗户全闭，留一圆隙，引外面阳光，射入几上所立之圆镜，再以背面有字之古铜镜对之，其背面之字，即现影于壁上，据云光力足则无孔不透也，又以三角实心玻璃块，对圆镜照之，倏红倏绿，皆光学之妙用也。因已交午，只得将外部文索回先归，明日再接看。午后一时，赴本所区，下电车，雇人力车，至小名木川通日本精制糖株式会社，投公使函，有前岛正卫者引看，据称二十四万株，每株五十圆，计一千二百万圆。先至原料室，系甘蔗捣碎，装口袋无数，又至楼上楼下，周览一遍，机器极多，铁管或上或下，盘旋曲折，蔗料熬汁，经铁管曲曲流注，渐流渐远，至一处，将汁烘干，即成糖矣。有机器，如中国水车桶内之榷板，将糖倒刮而上，至楼上，复由大铁筒喷至楼下，堆积地上，其洁白与稍次者，均分别堆积，据云制糖共四所。又至隔壁一所，铃木喜代司引看原料瓶，台湾甘蔗居多，他物不合用，萝卜可少用，不佳。至楼上下一看，与前略同。楼上有大木桶，即蒸锅也，气蓬勃，闻汤沸声，桶上挂表，以验热度，蔗汁从铁管曲折而上，复自上而下，愈曲折愈清洁也，流过铁池内。伊以勺令尝，颇甘美。略观一遍，聊补以上之缺，其余两处,可不看矣。

十一日(1907 年 5 月 22 日) 辛未,晴。晨八时,再到帝国大学,仍持外部文,至大学本部,由书记榎本胜多着人送至理科,至化学各室一看,水瓶加苛性曹达,即变红,以盐酸投之,仍为白色,至秤室,所列皆天平等类。又着人送至地质学处,地质与动物,另一所也。入地质学陈列馆,矿质居多,有山石生成图画,或鱼鸟形,或山川形,有龙头骨、马头骨、鲸头骨,又鲸化石、象牙化石等类,又有地球外皮,或灰色土片,或红黄色土片。又入动物陈列品室,品类数千种,或装入药水瓶,或储架上,或在抽屉内,约略区分,如鱼、鸟、爬虫蛇类、两栖、甲壳、软体、贝虫等类。鸟之属,有支那喜鹊、野鸭、鹰、鹞等物。鱼与蛇,种类不下数百,螺蜗之属亦多。皮毛制以药水,永久不变,并有珍珠数粒,及珊瑚各件。另过一所,至人类学研究室,古代埴轮土偶之类。楼上下陈列室,或日本石器时代遗物,或琉球、高丽、台湾、马来诸岛土人、南洋诸种族、北美洲北方诸种族及支那之风俗习惯诸标品,大概破碎衣履物件居多。有小泥人,作卧吸鸦片之状,陈他人之陋俗,(跨)[夸]彼国之改良,其宗旨也。又有人送往医科大学,至解剖标本室,大玻璃瓶,盛死人无数,须眉毕现,以药水浸之,或留人首,或系心肝肠胃,或系小儿全体,大约病在何处,即留下何处,以资考究。亦有制为模型者,又列各骷髅,标明某某郎字样,又有全体骨架,有标明系德人者,系印度人者,又一楼,所列各骷髅,不下数千,并有蛇鱼及各兽之骨,皆以供学生之考验也。又至医科附属病院,有铁板高床,多孔,外症多不洁,以自来水对病人冲洗,水从孔流下,其病易愈。又一室,各医生或用纸验病人血色,或用玻璃杯验病人溺色。又一室,中间列高榻,病人卧榻上,脊患外症,医为贴膏药,有看护妇在旁伺应,此室两旁,高搭坐具,层累而上,累八级,几至屋顶,据云每午后一时,医来治病,学生分坐两旁,从高视下,较为明晰。又一室,病人卧榻上,医用玻璃泡通电气绿色,与昨所见同,据云照见腹中病处。又过各病室,病人甚多,甚洁净,看护妇均着白衣。又至头等病室,被褥盥具皆备，每日病资三圆，此皆外科也。内科略同，不复看矣。午后二时，到本所区德右卫门町岩成玻璃制作所，投公使函，此处局面不大，至原料室，石灰为多，观大地炉，两旁封盖，内熬原料。又一室，将已成之玻璃杯瓶，或磨光，或印花纹，系机器发动皮条，各执持刀锉，分任其事。

十二日(1907年5月23日) 壬申，阴。晨八时，重到帝国大学，持原文仍请榎本君送文科、法科。至法科列品室，各国监狱有图，各国及支那刑法均有图，不下数百件，有车轮一副，系德国之车刑也，方木柜一座，钉板一具，系西国之极刑也。有伊从前刑场雏形，有囚人食器，又有伪造之纸币，及鸦片、烟灯、赌具等件，皆犯罪物也。烟具上粘一纸，谓明治三十八年，清国某某，在横滨吸烟被获，监禁一年，见之殊愧。后面列簿籍甚多，系旧案件也。有露国皇帝大影像一纸，又露国裁判官徽章，镀金铜索，方圈，下垂一坠子。又有伊台湾总督男爵儿玉明治三十八年八月二日告示一道，晓谕台民，有朱印，系“台湾总督之印”六字，裱而悬之，以鸣得意。我等见之，何以为情！至法科讲堂，地板如坡式，坐位愈后愈高，法科共五讲堂，大者可容三百人，文科讲堂十七处，因有功课，不便入视。拟至图书馆，因典守者他出，亦未得览，只得文科从略矣。该校规模阔大，学业精深，即拟粗窥形式，费三日之力，十不能得其二三，而校外之农科，仍须俟诸异日。吁，伟矣哉！午后二时，到芝区金杉新滨町芝浦制作所，系制机器场也，投公使函，至楼上应接室，与岩六平、神代延祥谈论，神代久在北京，能华语。计工场五处，分为组立、仕上、卷线、木型、铸物、制罐、锻冶七部，见有穿铁机，厚铁立时穿孔，有截铁机能截寸许厚之铁，有起重机，虽千斤之重，皆悬之而起，有卷铁机，系制风筒及烟突等之用。此外机器繁多，工人数百，各司其事，或穿孔、或制物，不可胜数。资本一百万圆，计二十万株，每株五十圆，明治八年创设也。

十三日(1907年5月24日) 癸酉，晴。游浅草公园，有喷水机数处，池内有鱼有龟，殊堪娱目。重游水族馆，以鱼为最多，有皤腹小尾者,有周身长黑纹者,有上面似虎皮、下面白色,其行如一叶浮沉者,有遍体花纹如蛇而体较宽、无鳞而脊有软肉者,有花纹细密、腹小而方,视之如一玩物者,有极小而周身红黑点者,皆鱼之异相也。海驴,尾似鱼,头似兽,大四五尺,巨齿,有须,鼓荡水中,投以小鱼,则昂首食之,不得食,则仰而吼,其声甚厉,有木牌标注,谓其皮可为雨具,其齿可供雕刻。有龟十余个,置铁丝笼中,标云琉球八重山西来岛产也。有蟹,大数尺,巨口、长螯、六足,其色如煮熟者然。又游昆虫馆,系美术制成标本也,酷似生物,蛱蝶分数百种,蛾种亦多,有糖蛾、灯蛾诸名,虽微细如蝇蚊,亦有标本,共不下万余种。

十四日(1907 年 5 月 25 日) 甲戌,晴。午后雨。王慕唐景尧来,兴化人,亦留学者也。

十五日(1907 年 5 月 26 日) 乙亥,晴。午后,游上野博物馆,前已游过,今再补记之。楼上下陈列无算,内有中国古砖,铭曰永康元年,盖晋代物也,又有古盏,标明南京雨花山掘出,有陶尊,标明兖州府物,有大铜鼓一面,并将中国戥子、米筹,及日用极坏之物,罗列其中,又将中国婚娶喜庆情事,绘为各图,将长官属官拜跪状态,及男妇僧道百工,捏作小泥人,并有老弱不堪之兵,盖以风我国之改良也。列琉球、印度、朝鲜、暹罗、虾夷、台湾诸土人食用之物,琉球漆器甚精良。其字画中,有明沈兆昌草字条幅,文山、郑熉条幅;其货币中,有中国前代各种古铜钱;其动物标本中,有鸡尾长至二十八尺,又一鸡尾长至二十一丈一尺八寸,系千叶县产也。门内陈设旧水雷、探照灯、大炮、洋枪无算,标明旅顺战利品,盖以夸耀武功,我等见之滋辱矣。

十六日(1907 年 5 月 27 日) 丙子,晴。午后,到上野博览会第一会场,购券,至不思议馆,观幻术。至第三号馆,系美术、刺绣、布帛、雕刻之属。至第四号馆,系机器,及东京市模型各件,因届四时,催散场,未得细览。到东京劝工场,即在上野旁,有楼二重,列物尚夥,如买物三十钱,给予福引券一纸,每一券,可到门外抽纸捻一条,条内有字，可另得货物，贵贱无定，盖招徕之意也。

十七日（1907年5月28日） 丁丑，晴。晨十时，到九段劝工场买物，亦有福引券，此券不常有，或系日曜日，或越十数日一行之。场外竖一直幅，大书"大福引大卖出"六字，鸣鼓鸣金，喧阗不已，盖以新游人之耳目，招致生意也。午后，携仆游浅草，至一处，仿佛说书，又似做戏，并不改装，余不解其趣，少坐即散。重游花屋敷，再略记之。栗鼠，脊毛栗色，四足，毛系黄色，冠鸠二个，冠上淡蓝色，毛蓬蓬然，园内有活动大写真，有要假雀者，有傀儡戏，均不再取资，只入园时，每人十钱而已。游珍世界，皆各物标品也，有活龟，系两头，有两头牛模型，有干鳄鱼，巨齿，脊背宽而上有无数针刺，足长八九尺，有人面鱼，有人面猿身者，有小儿胎形，以药水浸之。此外物品甚多，足补博物馆之缺。

十八日（1907年5月29日） 戊寅，晴。杨公使约至使馆午饭，有柯凤笙学使劭忞，山东人，新放贵州提学使、叶希贤部郎基桢，江苏人、程子荫太史湖北人。柯新任学使，来东游历，叶系农工商部派来调查农业，程由进士馆派送，入早稻田大学。

十九日（1907年5月30日） 己卯，雨。午后，雨甚大，未能出门。

二十日（1907年5月31日） 庚辰，晴。到博览会第二会场，机器为多。见抽丝机器，一女子司之，釜内蚕茧，抽丝甚速。又见切面机器，先用机卷麦面成尺许宽片，又用机排切无数面条，旋即转动铁条将面条挑挂架上。又见纺织、印刷、制衣服各机，均较人工捷逾百倍。游台湾馆，亦在第二会场内，罗列台湾土产，如席子、草帽、各海味之属，见之伤怀。

二十一日西历六月一日**（1907年6月1日）** 辛巳。晴，晨坐人力车，到小石川区小日向台町一丁目二十六番地马英甫处畅谈。马所住系下宿也，每月房饭约十元。日本大客店谓之旅馆，小谓之下宿，如赁伊一二间，自办火食，谓之贷间，如将伊全屋赁住，谓之贷家。到小石川第二小学校，校长并木左傅云，分寻常、高等二科，寻常男生四百二十四人，女二百八十一人，高等男生九十二人，女九十四人，小石川区小学共十处，官立五处，私立五处，此系官立也。其时生徒方到校，先排立操场，听教员口号，乃得得向前，分左右，各诣楼上下教室，整齐不乱。到各教室一览，有授书者，有指陈地理者，男女分堂，女生系女教员。见教裁缝者，各生持针缝纫，教员逐一指授，两生共一长矮几矮椅，各教室生年不同，坐具高低亦异。到白山御殿町，游植物园，此理科大学之附属也，入场券只二钱。入门，循坡而上，两旁树木森森，不知其名。其有标识者，如金缕梅、紫葳、木兰、冬青、蔷薇、枫树、楝树、榔榆、木犀、杨梅、黄杨、山茶、柃、茱萸、海松、桑树、七叶树甚高大，每七叶一丛之类，皆树也。又有通草、南五味子、忍冬、毛莨、优昙花、石南、猕猴桃有藤牵入架上、芸香、卫矛、壳斗、胡颓子之类，花与药之属也，松最多，樟树有大者，亦有竹，其他多不知名，难以笔述，惟着花者无多耳。有各学堂男女学生，携丹铅纸笔，坐茂树下，凝神谛视，描写枝叶状态，力求其肖，足见日本学生，全从实处着力也。渐行渐远，循石坡而下，沿曲折小池，有睡莲，有鱼，心神开朗。有茶亭可小憩，沿竹篱边直前，不觉又至大门矣。遂出。到博览会第二场，游水族馆，购券乃入。水族不及浅草之多，唯有数种鱼甚奇，足补浅草之缺，亦有膃肭兽、绿蠵龟。重游机械馆，见砻米机器、织锦机器，甚迅捷，忽警察令游人分两旁立，见女子湖色大衫，绛裙，皮靴，持湖色绸伞，跟随二三人，不知系宫内何人也。

二十二日(1907年6月2日)　壬午，晴。午后一时，到本乡一丁目本乡座听戏，系中国留学生扮演也，演《黑奴吁天录》全本，大旨谓美洲白种，奴待黑人，今将以待黑人者待我黄人也，演之以志愤。至平河町五丁目王叔鲁克敏宅，晚酌，酒肴极清洁，支那料理，参以西式，在座者，中日人均有，有梅谦博士及柯凤笙学使。

二十三日(1907年6月3日)　癸未，晴。到上野，游帝国图书馆，寻常阅览券二钱，特别阅览券五钱，入门给单一纸，备取书用也。

寻常阅览室在楼上，特别在楼下，几上列书目十余本，每本数百页，密行细字，约略分类，各国书籍均有，即中国经史子集亦略备，如俞曲园各种，尚在搜采之中，其宏富可知矣。书籍另储一处，欲览何书，开明所给单内，向典守者索取，在里一间坐阅。见有日人数十，并无一中国人。又至楼上，日人百余人，披阅抄录，默识无哗，室外悬挂各种报章，均系当日新闻，听人观览。日人作事，期于有用，大率类此，中国即有藏书馆，饱蠹而已，于士林毫无裨益，见之滋愧，出馆仍将原给单付伊。到博览会第一会场，补游第二号馆，有一处罗列各种稻粒、米、豆、麦、杂粮、麻、絮、果实、茶、糖、蚕种、蚕茧，及渔家用物、农家用物，并篮笼帘席之属，不可殚述，乃叹日人设博览会，非徒炫华丽，广商业，且借以开民智，俾之增见闻也，中国当仿而行之。

二十四日(1907 年 6 月 4 日) 甲申，晴。到东明馆劝工场，买博物图、人体解剖图、各国帝王图、东京地图、日本地图、体操图等件。日本各事，均有图绘，俾愚民易于通晓，诚教育之良法也，且商人亦易于获利。午后到公使馆，晤公使，略谈。到京桥区内山下町帝国五二馆，楼下陈列货物，如劝工场，楼下入场无料，楼上入场券二十钱，系图画展览会，所悬各画，系日人手笔，分二十余室，有佳者，价甚贵。

二十五日(1907 年 6 月 5 日) 乙酉，阴。晨八时，至地方裁判所，因是日不判案，故未看。坐电车，至青山，复坐人力车，到农科大学，该地甚广，如一片郊原，难于详览。到事务室，与书记官武部直松略谈，知大学本部早已知照过矣。至林学试验室，机器数种，一釜烧柴枝，取蒸溜水。至材料室，列各地所产木板，有学生在内，考验辨认。至列品室，矿品为多。至农业工艺室，列农具模型，如小石磨、小风斗及一切田家用物，以及制米制面各洋机器之模型，不一而足。又植物画本及模型，各瓶装一切花木种子。又一架，标嗜好科类，烟叶为多，有支那各种黄丝烟。纤维科类，列麻、丝、竹器、席簟之属。染科类，列各颜料瓶。禾谷类，列各稻穗，有长至七八尺者。杂谷类，有支那各稻粒。饲料类，皆鸟兽之食。又至畜产室，列瓶满架，内有二十一瓶,系装鸡卵,标明第一日目至第二十一日目等字,至第二十一日,已成小鸡。又至杂类室,日本各地方所用铁锄及犁镰之属,大小不同,盖各地之风俗异也。院外温室,玻璃为棚,列各种花篮,至一空野,栽药种菜,小桑有数百种,大小麦亦略备。又至畜场,有牛马厩、鸡鸭栏、羊豕栅,有七面鸟,据云喂各物草料,须验明无毒,方不受病。穿各树丛,难一一询其名称。内有榕树,支那、日本均产,据云有毒,立牌标明有毒类。此外尚有数种。又至茶园,甚茂密。又至兽医科,大火炉制蹄铁,室内列各处蹄铁,大小圆扁不同。至诊察所,有病犬,以铁笼盛之,见人尚喔喔。又一厩,病马气味熏人,不便入看。至化学列品各室,有验微生虫者,涂之以蓝,用小显微镜照之,长可八九寸。又一室,列病兽各体,装之以瓶,一室,列各兽骨殖五脏。该学分为四科,第一农学科,第二农艺化学科,第三林学科,第四兽医学科,规模阔大,名目繁多,所游不过十之一二,曲折周历,已苦疲惫。午后,小雨,旋霁。至宫城一览。先进和田仓门,经内阁外大室场,通行人,有土墩数处,植松,甚苍老修洁。行至二重桥,眺览一番。桥内即系皇宫,叠石八九尺,无雉堞,城上有楼,环之以濠,有警兵二三人,植立门外,遥望城内,茂树青葱,尘飞不到。出樱田门,坐电车归。

二十六日(1907年6月6日) 丙戌,雨。有携筐卖果品者,如杨梅、枇杷之类,亦不甚贵。午刻,雨甚大。

二十七日(1907年6月7日) 丁亥,阴。晨八时,到地方裁判所,投外部函,至应接室,与渡边畅谈,系裁判所长判事也。裁判所、控诉院、大审院,同在一处。全国地方裁判所,从前四十九所,现增至七十所,此系东京地方裁判所也。区裁判所三百十所,仍有区裁判出张所一千三百二十三所,凡区裁判所,决民间小事,如罪至禁锢六个月,罚金至二百圆以上者,则决于地方裁判所,有不服者,控之控诉院,再不服,则大审院审矣。诉讼,分民事、刑事为二,如窃盗等归刑事,贷金等归民事,刑事较少,且易结,民事多而难结,以钱财易有纠葛也。伊将西五月分案件表取出,民事一千五六百件,未结者近六百件，刑事五六百件，未结者只数件耳。法廷门外，有大插牌，分为四五格，层列黑漆小木牌，宽寸许，长四寸许，上写某案情，下写犯人名，前有一黄色小木牌，写某月日午前后某时，下即排列某案某犯牌子，次第排写，数日拟判之案，使人一望而知，按时赴质，免有稽延，诚良法也。民事、刑事廷外均如此，有人引至民事法廷听审，约屋三间，问官坐处较高，连设三长案，如扇式，中案三问官，中为裁判长，两边为陪席判事，左为书记，右为检事，此次检事未到，在下对问官坐者，为原告辩护士、被告辩护士，设二案，问官宣问，则立而答，原被告之词，均由辩护士代表，辩护士旁有二人，谓之廷丁，专听使令，辩护士后，隔以木栏，栏外皆听审之人，寂静无哗。余坐问官后，导者亦同坐，据云领饰纹紫色者判事，红色检事，绿者书记，白者辩护士，判事检事书记者皆纱帽，此案系因奸判离婚也。又至刑事法廷，其形式同，检事亦在座，唯问官后有一人便衣坐，手持例本，据云系科举生，木栏外有一警察，谓之警察巡查，若民事廷，则无须此，与问官言者，亦系辩护士，惟上首有方木栏，中有二人，系罪囚也，内有坐具，问官与言，则立而对，此案系诈欺取财也。又至一刑事法廷，见有中国人在罪囚栏内，殊惊异，询之，系浙江某某，因吃食鸦片被获，余见之愧赧，伊烟禁最严，何苦远来罹其法网哉！午后一时，到大手町印刷局，投公使函，至应接室。有人引至铸铅字处，截铅片、切铅条、铸英字、铸汉字，均系机器，架上罗列大小铅字及铅板，以亿万计。又至刷印处，设机多架，印刷甚速。又一处，用机器将厚铅板卷成半圆形，刊铸报章，再用厚数分之硬纸，将铅片之字，用机器印上，或凹或凸，亦系半圆形，计若干张，一齐排列大机轴上印刷，是一铅片可收无数铅片之用，宜乎报纸之多而速也。有切纸机，甚精妙。有印号码小机器，凡一二三四五等号戳，安置小圆机内，手翻一张，足一踏，则机内之一号码，即印入纸上，一号下，二号上，次第不爽，不烦谛视。有画格机器，轴上颜色，浸淫流入铅丝，将铅丝排定尺寸，置纸片于机面，机器一动，纸片向前，铅丝之颜色，即划于纸上，既匀且直。又一机，专印书面上之金字,按字之部位涂金,将字戳入机器印之,加以电水,印后用布揩擦,凡系字上之金,皆揩不落,此处系活字版处。复至左方印刷局,登楼,有一室,标曰刷板课第一室,印日本纸币,系洋铜片镌花纹及字,需红则涂红于铜片上,需黄需蓝亦如之,又见刷印花,及封缄纸等项,将铸成或方或圆模子,罗置机上,有轴,裹以颜色,机动时,涂一次,即夹纸一片,随机而下。又见刷纸币机器,平列模板,四隅旋转,有三人在三角经理,一人在模上涂红,甫涂竟,即转至第二人处,将纸蒙上,即转至第三人处,已刷就矣。将纸币揭下,又转至第四角,不需人工,有布裹机,已将模上余红擦净,又转至第一角,仍如前式,计一纸,系纸币八枚,随后再为分切也。又观石印处,石板置机上,印刷甚速。又至雕刻课,系铸印花等之铅片铜片者。又至刷板课第二室,见刷邮片,系二十五片共一张,又刷公债票,长圆,红色,有花边,横写"二十五圆"四字,上有"一千圆利扎"五小字,旁有明治四十一年或四十二三年等字,系政府预给利票也,不知若何算法,又见刷中国湖北官钱局票者,或系凭票取银元一大元,或系凭票取九八制钱一千文,约长五六寸,宽二寸许,室内颜料盆甚多,有人试验调和,备机上应用。流览至此,已交未正矣。局内例放二十五分钟,少待,又引至一室,见机器轴裹布,如含胶浆,系涂印花之反面者也,女工司之。又见切邮片机器,四刀并下,约厚四五寸,顷刻间已成五条。又一室,众女工数邮片,又至楼上,众女工数印花,以纸包之,上写二钱切手一万张,全楼数大间,均办此事,足见邮政之大通也。又见机器,悬无数小针,凿印花四周之针孔,不下十余架,见印纸币码号机器,亦如前法,均女工司之。又女工数百人数纸币,各案头有人监察,缘此币各戳俱备,已可通用,恐有漏落,其实伊印时已过数,切时又过数,各有责成,出局时仍须搜检,无敢窃取也。内一圆、五圆、十圆、百圆纸币均备,殆以亿万计。又见印台湾纸币者。周历一次,乃叹该局规模阔大,办事熟娴,获利甚不薄也,此系官局,闲人不得擅入,若非公使介绍函,恐亦未易参观。

二十八日(1907 年 6 月 8 日) 午子,晴。午后雷,欲雨未果。重游游就馆,购券入,再补记之。楼上下陈列各件,多系刀剑甲胄枪炮之属,有系伊国自制,及从前将帅所用者,有标明桦太战役卤获露国之衣裤者,有标明朝鲜之甲胄者,并有中国大小铳无算,标明系明治三十三年战利品,又有钲鼓之属,标明明治二十七八年得自清人,又有金龙炮一尊,标明系清国最贵重之炮,明治三十三年为其所获。此外尚有中国大炮无算,又将旅顺港黄金山之炮台,及大连湾和尚岛之炮台,捏成模型。楼上下悬伊从前力征将帅影像,不下数百,又将屡次及各国战胜情形,绘图悬壁,并将收取台湾①,及攻取牛庄情形,绘图张挂,其在奉天掠获各衙署金字扁额,如"海隅沾恩"、"政侔东里"、"三军挟纩"、"克壮其猷"等扁,一一悬挂,彼盖以夸大其功,我等见之,能无泪下乎?伊又将明治二十七八年战死之将士,勒为一碑,谓之纪念碑。又伊国有妇人,集一万人头发,制为战舰所用之粗绳,大书于纸,极力夸奖,其鼓励民心,大概类此。

二十九日(1907 年 6 月 9 日) 己丑,晴。到浅草,再游花屋敷,有狒狒,其目微似人形,如以怒声相向,则持所食之胡萝卜撞人。到三友馆,看活动大写真,柱旁标云:定员三百八十三人。日本虽剧园会场卖座,均限以定数,恐其贪多拥挤,有妨卫生。

三十日(1907 年 6 月 10 日) 庚寅,晴。晚到新声馆,看活动大写真,此较明显,十时即散场,盖禁令如此也。

五月初一日西历六月十一日**(1907 年 6 月 11 日)** 辛卯,晴。晨十时三刻地震,约一分钟。半月前,夜间已震过一次,日本常常地震,故地震学列入专科,其建筑学亦极讲求。到博览会第二会场,观捣米机器。

---

① 整理者按:1895 年清廷签字割让台湾后,日本派军攻占台湾。台湾爱国军民举旗声明"义不臣倭,自主保台",顽强抵抗近半年之久,令日本付出了远超甲午战争的损失。

初二日(1907年6月12日) 壬辰,晴。到本乡馆劝工场,比上野九段稍逊。日本劝工场极多,可以鼓舞商业,比较工艺。场内物价,比市为贵,然游人因便购取,积少成多,货物不至滞销。再游芝公园,地势宽廓,高阜甚多,啜茗墩上,有方铜柱,下大上小,高一丈七八尺,空其中,外题曰:赠从四位伊能忠敬先生测地遗功表,旁刻序文,大致谓忠敬精地舆之学,凡五畿七道,及各岛之图,经先生测绘进呈,至今用兵行商皆赖之。先生殁后,其裔孙呈进先生测地各器具,日皇旌其功,赠从四位,赐金建设铜柱,藏先生测地器械于其中。序文甚古茂,字似魏碑,足见日人亦以汉文汉字为贵。到芝园对过,游妇人博览会,购券入,妇人用品为多。

初三日(1907年6月13日) 癸巳,雨。余华装,欲添置衣履,颇不易易,幸有广东杂货店数家,寄卖上海履,其价只加半倍,并售中国麻油、咸蛋、海味等件。日本商店,四壁不挂对联,若华商,则大门及墙壁,均有联语矣。

初四日(1907年6月14日) 甲午,大风。午后一时三刻,地震,比前日稍轻。三时,小雨。到三番町,游番町商品馆,货物无多。到神乐坂上,游静冈馆劝业场,比番町为强。晚间钟声,开窗东望,知系本乡区失火。

初五日(1907年6月15日) 乙未,晴。今日中国端阳节也,客中度节,颇动乡心。到神田区买书籍,日本书肆,以神田为最多,如纸张稍旧,或微有污损,即比新书贱至一半,如已有增补出版之书,则旧版价目,不过一二成耳。书店半系妇人经理,无论何书,均能道其大概,盖俱由学堂出身,得暇又时常披览也。到博览会第二场,看制硷机器,将原料置之铁斗,即旋转入内,捣而融之,由旁面方铁管推出,成一长条,另一机,切成方块,又用机器印字,甚为敏捷。到娱乐馆,亦在场内,购券入,视之,不过木人跳舞,及妇人在电气中衣分各色而已。晚雷,小雨。

初六日(1907年6月16日) 丙申,晴。到京桥区银座一二丁目，商店整齐，东人谓银座市面最盛，到银座劝工场。到丸吉劝工场，亦在银座旁。步行至日本桥，桥旁悬一地图，系日本桥区之图，行人过此一览，便识该区路途。日本各事便民，事事着实，此特其末节耳。到上野，游博览会，购券须十五钱，今系日曜日，故加半也，大祭日同。观览券三字，改印红字，以示区别。入第一会场，游美术馆，画幅甚多，有各学校画品，又一处，列美术银铜画瓶，有大瓶标价一千圆。又游日本赤十字社，陈列医家治病模型，面目如生，有医士，有看护妇，有病者卧榻上，截去右肱，系外科诊治状也。架上列医家用具、病人用具甚夥。又到朝鲜馆，系韩国用物。又到水晶馆，购券入，进门如入山谷，极黑暗，扶摸而行，转折六七处，忽然明亮，仿佛一圆亭，上有电灯，四周皆嵌大镜，身立亭中，如在镜里，几迷出路，随他人从无镜一面出去，略转数弯，已到馆外，可谓工于牟利矣。再到东京商品馆即上野。到杉山劝工场，在上野广小路，亦不甚小，何劝业场之多也。

初七日（1907年6月17日） 丁酉，晴。午后，阴。有人用药末洒入己屋厕内，据云系卫生警察之责也，日人于卫生极注意。适市，托镌图章，日人雕刻尚精，于篆隶亦稍讲求，其草书极圆熟。购日本历书不得，归见下女有一本，取而览之，题曰“御重宝”，又题“明治四十年九星日表”，上半截写一月大三十一日，又二月平二十八日，三月大三十一日，四月小三十日，下半截写旧某月大小等字，上系西历，下系中历，其某日下，即按日月火水木金土排列，不用干支，凡日曜日，即中历之星房虚昴也，民间参用中历，布种插禾，方能顺序。

初八日（1907年6月18日） 戊戌，阴。到神田买物件，有不二价者，如购件较多，大致一割引，犹云减一成也。日人售物件，另有附属品，不另取钱。九段坂上下电车不通，十日前凿通轨道，今将竣工矣，日人办事，必要于成，且期迅速。日本钟表店极多，谓之时计店，有极贱者，凡学生、工人及各店铺，均有时计，彼国食宿办事，均有定时，以故法令整齐，市廛安静。

初九日（1907年6月19日） 己亥，夜雨不休。竟日雨，未能出门,作函致中国各友人,交下女送邮局。据下女云,日本有邮便贮金之法,凡劳动者,日得余资,买邮便印花,聚集一二十枚,送邮局存册取息,日积月累,数年后,即少有资本,励勤俭,保贫民,其法极善。

初十日(1907年6月20日) 庚子,晴。午后,阴。到宫本町教育博物馆,老妪守门,给小木牌,乃入。至第一陈列馆,标明幼稚园教育品,凡各科学教授用具、生徒用具、博物标本、庶物标本、各机械模型,无一不备。又有体格检查用具、体量器,并有各国学校撮影,至校内坐具,以及幼稚园玩具及恩物,亦厘然俱备,兼列英国所制幼稚园玩具。又一架,标明赏品,内有一件,比银圆稍小,铸“卒业旌章”四字。又一架,标明“褒赏画”三字,系石印着色画片,甚精致,约宽五六寸,长三四寸。出此馆,向高处行,至入德门,系孔庙也。门首两梁头,刻象首形,有木牌标注,门横一丈三尺三寸,深一丈二尺,原朱色,今改黑漆,又通一门,额曰“杏坛”,再前则大成殿矣。槅扇洞开,阑之以绳,登阶内望,各几皆教育品,正中垂一幕,系圣像,两旁木龛,当系颜、曾、思、孟诸贤。该殿两廊,左系第二列品馆,右第三列品馆,入视之,凡大中学校理化机械各科用品略备。有图书阅览馆,见数人在内翻阅,出门时,仍将木牌交与守者。

十一日(1907年6月21日) 辛丑,晴。到博览会第二场,再游教育水族馆,海驴求食,吼声甚大,鱼类亦奇形怪状,有斗鱼、镜鲤诸名目。一水牛,标明得自台湾,睹之慨然。

十二日(1907年6月22日) 壬寅,晴。买尺及米合,价不贱。日本度量衡,由市役所核定,方准出售,每件纳税若干,故售价较昂。尺有二种,一系鲸尺,布帛用之,一比鲸尺小二寸,工匠用之,尺上均印一定字,适行箧携有中国京尺,取出较之,鲸尺大一寸,是鲸尺比中国裁尺约大五分矣,尺十寸,寸十分,与中国同。米合有一合者、二合、五合者、一升者,木制,方式,加油,亦印一定字及一合等字样。日人度量衡,通国画一,不少差池。中国斗斛丈尺戥秤,各省纷歧,亟宜审定,即以上海而论,其度量衡且不画一,如度,则有官尺,即海尺,系布业所用，每官尺，九寸一分三厘，合营造尺一尺；有木匠尺，又名鲁班尺，以官尺八寸为一尺，每木匠尺一尺一寸四分一厘二毫半，合营造尺一尺；有木行尺，以官尺九寸六分为一尺，每木行尺九寸五分一厘强，合营造尺一尺；有绸庄尺，以官尺九寸七分为一尺，每绸庄尺九寸四分一厘二毫强，合营造尺一尺；有步弓，以鲁班尺六尺为一弓，合营造尺五尺二寸五分七厘三毫；有英尺，洋货市通用，以八分为一寸，十二寸为一尺，每英尺一尺三分半，即九十九分半，合营造尺一尺。量，则有海斛，上海米业通用，每海斛八斗八升，合漕斛一石；有庙斛，上海邑庙内豆米公所较准之斛，每庙斛八斗九升八合，合漕斛一石。衡，则有漕平，每一百一两八钱，合库平一百两；有湘平，饷银用，每一百三两六钱三分强，合库平一百两；有关平，每九十八两三钱八分四厘，合库平一百两；有天平秤，豆油用，以漕平十六两为一斤；有会馆秤，上海通用，以漕平十四两四钱为一斤；有司码秤，棉花业用，以漕平十六两八钱为一斤；有莱阳秤，豆饼用，以漕平十六两三钱为一斤；有部秤，苏油用，以漕平十五两六钱为一斤。上海一处，尚且如此纷歧，不能尽按营造尺、漕斛、库平办理，其余各处各省，等差更多，欲其贸易之公平也难矣。买东洋布数端，日本半匹为一端，又谓之一反，约二十八尺，两反为一匹，约五丈六尺。十厘为一分，十分为一两，与中国一钱同，一百六十两为一斤，一千两为贯，当中国六斤四两。十勺为一合，十合为一升，十升为一斗，十斗为一石，据云容量倍于中国，俟考之。晚到新声馆，看活动大写真。

十三日(1907年6月23日) 癸卯，晴。到美土代町芳荣馆，晤屠振权铨叙谈。到南明馆劝工场，与东明馆仿佛，购东京地图等件。东京系江户城，明治二年，天皇定都，改称东京，其地西北较高，称为山手，为曲町、赤坂、小石川、牛込、四谷、本乡、麻布七区，东南一带平地，古称下町，为下谷、浅草、神田、日本桥、京桥、芝区六区，若本所、深川二区，则稍低，以上十五区，称为东京市，市之中心为日本桥，全市区域，东西凡二里二十六町中国十六里有奇，由极东本所区松代町，至极西赤坂区青山北町六丁目，南北三里十二町中国二十里，由极南芝区高轮南町，至极北本乡区驹込富士前町，电车络绎，商贾辐辏。旧有谚曰：江户之地，以土一升，易银一升，言其地之贵也，今更盛矣。

十四日(1907年6月24日) 甲辰，阴。晨九时，到永田町华族女学校，即学习院女学部也。投公使函，先在外间接待室，旋引至楼上应接室，黛宅次郎出晤谈，系学习院助教授，兼女学部书记心得也，并与教授兼教务课长佐野安略谈。据云分小学、中学、专修三科，小学六年毕业，中学五年，专修三年，小学年龄，自满六年至满十二年，中学自十二年至十七年，专修自十七年至二十一年。小学课程：修身、国语、英法语、历史及地理、算术、自然之观察如动植物矿物、图画、音乐、手艺如编物、裁缝之类、体操；中学课程：修身、国语、英法语、历史及地理、数学、理科、图画、家政如礼法、簿记、衣食住、育儿、料理之类，至第四年级方有此课程、裁缝、音乐、体操。专修分文学、技艺二部，文学部又分国文科、英文科、佛文科，技艺部又分裁缝刺绣科、绘画习字科、音乐科。国文科课程：伦理、国文学、英佛语、历史、心理及教育第二年级方有、理科、经济经济学之大要第三年级方有、割烹、习礼、体操。英文科课程改英佛语为英文学，佛文科课程改英佛语为佛文学，余均与国文科同。绘画习字科课程，去英佛语，加绘画习字，余亦同；裁缝刺绣科课程，去英佛语、历史，加裁缝刺绣，余亦同；音乐科课程，去英佛语、历史，加筝琴唱歌，余亦同。黛宅君引至中学各教室，或授汉文，或教英文，又至专修科教室，女生习草书，甚圆润，皆能悬腕，又至内体操场，系男师教演，俯仰屈伸，整齐不紊，至外体操场，女师教演，亦极合度，至唱歌教室，男师按风琴，诸生次第依其旁演唱，闻是日系考验也，至裁缝教室，剪尺分列，至刺绣教室，绣花鲜艳细致，亦如中国之绷子。至历史教室，女师在漆板上，写“楚之霸”三字，又一教室，男师教画，置一花盆于案上，诸生仰首临摹，该校规模尚宏大，内有幼稚园，正兴土木，故未入观，据云每年官费五万有奇，华族不贴费，若非华族，如贴费，亦准入校。小学收授业料，一学期五元，中学六元，专修七元，幼稚园收保育料，一年十二元，现在生徒六百五十余人。路儿上学期考验，自今日起共七天。

十五日（1907年6月25日） 乙巳，晴。到通寺町牛込劝工场，与静冈馆略同。到饭田町六丁目二十一番地伊东方，访汤济武闲谈。伊东，房主人姓也。日本贷间，称为某某方。

十六日（1907年6月26日） 丙午，雨。下女无事，即看报章。东京报社林立，以京桥区为最多，如时事新报社、万朝报社、东京朝日新闻社、中央新闻社、报知新闻社、国民新闻社、读卖新闻社、东京日日新闻社、每日电报新闻社，均在京桥区，中外商业新报社在日本桥区，东京二六新闻社、日本新闻社，在神田区，都新闻社在曲町区，各店妇女，几无一人不阅报者，政府稍有举动，亦无一人不知者。

十七日（1907年6月27日） 丁未，雨，比昨日更大。日本唯劳动者用纸雨伞，其余多用洋伞。窗纸为风雨所破，购纸糊之，纸宽窄与窗格一律，日本无论制造何项，均经市役所审定，尺寸画一，俾民间事事省便，即房屋广狭，亦有定式，以席子多寡为衡，席之尺寸，亦有一定。

十八日（1907年6月28日） 戊申，阴。到公使馆，晤梁建甫继泰略谈。到神乐坂，买织花席子，颇光滑，价亦不贵。到里神保町富山房买书籍地图。东京市所售品物，或系学校用品，或系家常用品，专务实用，不尚奢华，至珍奇玩好之属，寥寥无几，中土人初至其国，往往嗤为贫弱，而不知其善营运，耐劳苦，经商习艺，能俭能勤，立国保民，具有深意。

十九日（1907年6月29日） 己酉，晴。到上野公园，高阜有陆军大将西乡隆盛铜像，巍然独立，手曳猎犬。西乡者，维新三杰之一也。日本亦有乞人，在公园僻静处，三五成群，俱系十二三岁童子，向人索钱，如行至通衢，则乞人退走，恐被警察诘责。晚，雨。

二十日（1907年6月30日） 庚戌，晴。到铃木町清国留学生会馆，有楼一重，略具书籍。再游浅草花屋敷，复补记之，其门侧及四边屋内，多塑偶像，面目如生，情形毕肖，记日本古代战事，其隙地，笼置鸟兽，并列盆卉，有水鸟，似鹅而大颈，悬一袋，色甚红，每食则延颈张口，以袋取物，游泳水中，不知何名。

二十一日西历七月一日(**1907年7月1日**)　辛亥，晴。邻有呱呱声，近日新产儿也。东京有产婆讲习所，在神田区骏河台町，系私立，以授产婆学为宗旨，东人无事不学，此其一端。

二十二日(1907年7月2日)　壬子，晴，暖。午后一时，与汤济武到本乡弓町二丁目二番地私立女子美术学校，投公使函，至应接室。有白石行信者，该校庶务主任兼会计系也。据云生徒额定六百五十名，分为八科，一日本画，二西洋画，三雕塑，四莳绘，五刺绣，六编物，七造花，八裁缝，各科又分为本科、撰科、研究科。本科、撰科，又各分为普通、高等二科。各本科课程，均有国语、英语、伦理、图学、历史、家事、音乐、体操等项，每人入学金二圆。至授业料，每年二十四圆至三十圆不等，按月分纳。远方来学者，有寄宿舍，每月寄宿料七圆，舍费一元。校内有名誉顾问数人，校务监督一人，评议员均系女子，约十数人，另有职员数人、教师二十余人，男女均有。白石君引看一过，至裁缝教室数处，女师亲手教授，至刺绣教室，亦分数处，皆因学级不同，用木为四框，将绫锦绷置其上，各持针刺绣，与中国同。至雕塑室，白石膏捏成人首模型，或佛像模型，诸生临摹于纸，力求其肖，有一男赤身叉手，斜倚几旁，唯下体围以布，令诸女子摹其神状。至造花室，诸生或剪彩色纸，或以颜料涂零星纸片，或作花叶，或作花蕊，置一真花于旁，制造鲜艳，几可乱真。又至莳绘室，见以彩笔绘花。至编物教室，制钱囊、口袋之类。因各堂大半下课，不能遍观。该校规模虽不甚大，各勤其业，肃静无哗，深堪景佩。到上野公园，适明治天皇到博览会，由上野至小川町，不下五六里，两旁观者如堵，天皇坐马车，车内有对坐者，前后从者数十骑。余下电车时，遗失票夹，不自知也，甫行数十步，有同车人追呼送还，可感可佩。博览会场外，有大漆板，将某日拾得游人遗失物件，标明于上，并注明是何式样，令人来领，无隐匿者，亦无冒领者，比诸古者道不拾遗之风，或犹未能企及，然束身自爱，耻为苟贱，不愧礼义之邦矣。上野博览会所列品物，大概分为十九部，第一部，教育及艺术品，凡高等中小学堂、幼稚园及美术、实业、医学各学堂标品，并度量衡、钟表、音乐、印刷、演艺各器具皆属焉；第二部，美术品，凡东西洋画、雕塑、篆刻、工艺皆属焉；第三部，图案品、凡建筑、工业、商牌、信片皆属焉；第四部，农业及园艺品，凡米麦豆谷之类，颜料、油料之类，药草之类，蔬果、茶糖之类，蚕茧之类，席履之类，农圃器具之类皆属焉；第五部，林业及狩猎品，凡材板、薪炭、种子、苗树、狩猎、标样模型皆属焉；第六部，水产品，凡珊瑚、珍珠及海菜，并渔具之类皆属焉；第七部，饮食品，凡酒、酱、糖、盐并各种食品皆属焉；第八部，化学所制品，凡各药料、染料、香料，以及化学器具标样皆属焉；第九部，珐业及金石油漆品，凡磁瓦器、玻璃、窑琅、金铜铅铁等所制品，以及利刃，并油漆物皆属焉；第十部，木竹所制及纸料所制、植物所制品，凡桶樽篮笼帘席灯笼之类皆属焉；第十一部，皮革羽毛牙角介甲所制品；第十二部，染织及刺绣品；第十三部，被服品，此三部，零件甚多；第十四部，开矿冶金品，凡各矿产原料模型皆属焉；第十五部，机器各品，凡原动机、传动机、扬水机、压水机、干燥机、送风器、冷却机、唧筒及各项应用机器皆属焉；第十六部，转运通信品，凡船舶车辆应用器具，以及扛重器、升降器之类皆属焉；第十七部，建筑品，凡建筑一切器具模型皆属焉；第十八部，理财卫生救济品，凡市场保险之成绩、医治之模型、防水火之方法模型皆属焉；第十九部，水陆军应用品，凡军械弹药、教育操演器具皆属焉。统览各会场，左宜右有，目迷五色，足以研究工艺，鼓舞商情，虽日本开会，今已五次，然不能岁岁开场。余东游三月，躬逢其会，可谓至幸，因将料理西渡，特详记之。

二十三日(1907年7月3日)　癸丑，晴。晨八时，坐人力车到小石川区大冢洼町东京高等师范学校，投公使函，到应接室。有人引楼上下一观，过楼上来宾室，洁净华丽，过会议室，甚宽大，坐具甚多，系校中议事处也。楼上下均有图书室,英文、和文、中文略备,三层楼上,有地图各卷,并历年报章,至矿学标品室,罗列矿产,有所谓象齿化石者,至动物材料室、农学试验室、地理学研究室,又至图画学准备室,多石膏人首模型,又周历各教室,又至图画教室,时无功课,各生小案团团环列,中有一圆案,系教师在此,或立或坐,令诸生谛视摹画也。四壁悬美术图画,皆诸生成绩,如出一手,足见临摹毕肖。至体操场,持枪或行或止,尚整齐。至物理器械室,又至化学暗室,系试透光镜处也。该校尚齐整,分豫科、本科、研究科,豫科一年,本科三年,研究科或一年,或二年。午后一时,坐电车到上野,换坐火车至王子,诣制绒株式会社,投公使函,至应接室,与会社长宫部久略谈。有工务长杉谷四郎者,先引看原料,系羊毛与旧棉花也,有印度羊毛,有中国羊毛。将羊毛投入机器长桶内,桶有水,有铜齿爬洗,又推入一桶内,愈洗愈洁,再推出,则毛已稍干,又置一圆机器内,其形似套盆,旋转如飞,将水漏尽,又置入空心圆机器内,下有火气,谓之干毛机。又置入一机器弹之,棉花羊毛,均在一处矣。又无数圆轴,排列小齿,谓之梳毛机。此机轴接连甚长,至末数轴,则已抽成绒线。又一处,将绒线织成各种绒布,有加颜色者,据云专备海陆军衣服。政府有千住制绒所,因与露战,所用军衣过多,制造不及,故令株式会社济之。又一机,系叠布者,一纵一送,叠成方块,不烦人力。该社二万株,资本二百万圆。

二十四日(1907 年 7 月 4 日) 甲寅,晴。晨八时,到浅草区御藏前片町东京高等工业学校。该校创始于明治十四年,嗣经改造,皆本校生徒合力建筑,故结构较他处精细,投公使函,至应接室。适王旭庄观察仁东由苏来东调查实业,其侄彦辰孝缃同行,彦辰已在本校毕业,系可庄师之子也,遂同到各处一看。至色染处、机织处、木工场、锻工场,又观制陶机器、烧窑煤炉,又至机械室,大小机器甚多,又至楼上列品室,有中国磁器、日本美术画磁最精良,又至试验室,有五十吨强弱试验机,凡各工厂所用之铁索铁器皮条等件,经此机试验后,方准使用,恐其质性不坚,力量不敷,致误事也。又有压力计,及真空计检定机,该校规模宏阔,未能遍观。

二十五日(1907年7月5日) 乙卯,晴。晨八时,坐牛込电车赴新宿,换火车,到目黑村大日本麦酒株式会社,投公使函,到应接室。铃木梅之助及伊藤长次郎,皆来接谈。据云十一万二千株,每株五十圆,计五百六十万圆。出麦酒两瓶饮之,导观各处。见风麦器如风斗式,又浸麦烘麦各机器,又观酿酒大蒸锅蒸桶。又引至一处,下行数层,阴气逼人,据云藏酒可不变味。又一处,女工装酒瓶,贴招牌,甚忙碌。该地名惠比寿,酒招牌即以此名,伊藤君留饭,辞之。黄叔仁定斋来,系高邮人,在东学医,前往竹早馆,遭回禄,旅装荡然,极为可悯,同人设法资助。

二十六日(1907年7月6日) 丙辰,晴。托向公使取护照一件,又咨两江督文一件,咨吏部文一件,咨陆军部文一件。汤济武邀至聚丰园晚酌。

二十七日(1907年7月7日) 丁巳,微雨。到公使馆辞行。九段坂上电车,昨已通行。连日检点归装。

二十八日(1907年7月8日) 戊午,雨。东游未倦,据迩言旋,情殊未已,因学生暑假,易于结伴,只得恝然舍去,留仆在寓,迟数日解行李,由海船赴神户。余与马英甫今日到新桥,坐二等急行车赴西京。八时开车,穿隧道十数处,竟日雨,车上有西餐,另给钱。午后七时三十分,抵西京,寓东珠数屋町松荣馆,馆虽小,尚洁净。凡在停车场雇人力车,可取赁车券,指明所至之地,有一定价值,俟至其地,交还车票,付以一定之价,无额外需索之虞。馆主人进浴衣,令就浴。

二十九日(1907年7月9日) 己未,晴。晨八时,与英甫坐电车赴盲哑院。西京电车价目,与东京不同,东京无论远近五钱,西京则每区二钱也。投公使函,门上题曰"最初盲哑院",系明治十一年创立,实为日本各盲哑学校之嚆矢。与院长鸟居嘉三郎晤谈,生徒二百四五十人,教法与东京略同。盲生学科:普通、针按、音曲,哑生学科:

普通、绘画、裁缝、木工。见一教师,教初入学之盲生,木块约方二寸,刻日本字母,每块一字,令盲生颠倒摸读,其读书者,摸纸上针孔读之,可悯之至。一师教哑生,以手作势,诸生笑而颔首,亦可怜矣。内有寄宿生八十余人,该校岁入七千八九百圆,内财产所入四千有奇,授业料及杂收五百余圆,京都府补助数十圆,京都市补助三千圆,该校岁出亦七千八九百圆,内俸给五千余圆,诸给费九百余圆,购用品八百余圆,修膳费四百余圆,杂费四百余圆,按岁入仍余三十余圆,为豫备费。凡盲哑生卒业后,出校必调查其状况,如有职业,则办理者较心慰也。教长赠针孔小学读本一本,不著一字,伊请题赠数字,允以归国后写寄。至染织学校,即在盲哑院间壁,投公使函,因是日扫除,未得观。坐人力车,至平野捻丝场,略观之,机器百数十架,机轮鼓动,各架上铁签旋转如飞,女工司之,盖捻丝成线也。又至金出川地名绵子儿英语小绒也株式会社,资本五十万圆分十万株,每株五十圆,制线织绒,各机甚多。又至京都市四条通千本西入地名绵子儿株式会社,前无染物,此多一色染。户祭千之助引看,有整经机、纬丝机,经丝二十番、纬丝八番,织成布匹。有干燥机,有起毛机,极粗白布,置起毛机轴上,轴有细齿,即刮成绒布。又一机,制印花洋布,轴镌花纹,另一轴,擦碰上色,印柳条等布亦然。又一机,将花布入桶漂洗,或上或下,至末处,另一轴加色,即成别色洋布,又一机,将花布入颜色桶内一染,复经几处漂洗,便换一色,鲜明异常。其叠布量布,亦用机器。有扫除机,将布上不光处刮磨净细。有各染锅、各颜料盆。该社房屋甚新,局度宏阔,资本五百万圆。午后二时,到新京极,西京市面以此处为极盛,然似不及东京。到竹亭吃饭,须自料理,勉煎鸡子食之。坐人力车,游旧都一周,树木森森,地势宽旷,拟入宫内一观,巡警及守宫者谓须京都府文件,方敢放入,遂止,房饭每人每日一元五角。

六月初一日西历七月十一日(**1907年7月10日**)[1] 庚申,夜雨,早霁。晨八时十分,与英甫乘火车赴神户,八时五十五分,过大阪,九时三十分,已抵神户,到海岸通二丁目复和裕行,访马聘三席珍略谈。寓同和客栈,山东人开设。午前后,大雨。到神阪领事长绶卿福处一谈,投王叔鲁介绍函,长公原系工部司员,传补外部章京,简放此缺。

初二日(1907年7月11日) 辛酉,雨。晨十时,与复和裕之伙顾鹤龄及英甫,到荒田町二丁目日本磷寸株式会社,晤秋田种三郎。据云东京无磷寸局,此地数处,以此为巨,资本一百万圆,分二万株,每株五十圆,引至原料所,有捣者,有和者,据云柴头用硫黄加药料,盒边用红磷,谓之平安火柴。若柴头涂红磷,即嫌危险。火柴用北海道杨枝,切寸许长,有方木板无数,各钻无数小孔,将柴列入孔中,用机器压平,推至干燥室烘之,又涂以胶水。有一处,熬药料成浓汁,倾在平面锅上,将木板各杨枝向锅内一蘸,旋将木板层列架上,复推至干燥室微烘,用机器将各板上火柴拔出,入长条盒,交各女工装纸盒、糊招牌、装纸包。每包十盒,又糊招牌,入洋铁箱。每箱六百包,又入木箱,每箱内八洋铁箱。工不停手,各司其事,虽六七岁之童子,亦在工场装盒,可以养贫民矣。工场极大,不过男女工四五百人,人无旷惰故也。长领事交下介绍函二封,一致大阪府知事高崎亲章,一致大阪造币局长谷川为治。日本嘉义丸轮船竣工,是日行进水式,往观之,系川崎造船厂所造,架在海岸,搭一高台,令小女子持命名书,对船读之,系呼嘉义船名也。至午后五时三十分,工人将两傍撍柱拉下,船即附两旁长木直驰下海,盖船旁长木,本系斜迤向下之势,而又涂之以蜡者也。船甫动时,东人来观者,均持帽向前挥之,或来宾之义应尔也。有饶质瑾名怀文者,闽县人,自称海军少佐,奉江楚督之命,到东验收兵船,亦系川崎船厂所造,在此参观。江楚托日本制兵船十只,鱼雷四只,南洋兵轮四:江元、江亨、江利、江贞,两湖六:楚

---

① 杨芾日记此处阴阳历换算有误。

谦、楚豫、楚观、楚同、楚有、楚泰,鱼雷四:湖鹗、湖隼、湖鹏、湖燕也。饶带往下面铁场一看,有已运回者,有未竣工者。

初三日(1907年7月12日) 壬戌,晴。晨与英甫坐火车到大阪,不过行四十五分钟耳,赴大阪府,投长领事介绍函,为时尚早。先赴造币局,投领事函,到熔解场,系火炉熔银块也。到伸延场,系造五十钱、二十钱、十钱银圆也。到极印场,系印银圆两面字也。有自动天平,将银圆置铜管内,逐渐入内,如分量适合,则从中路落下,重则偏左,轻则偏右。到试金部,用药水试看金色,用各种器具,试金之分量。到雕刻课,系铸银圆模也。到精制课,系提矿产之金银也,有金砖多块,每块有值二万五千圆者,亦有金银未分之砖。到地金课,银圆入包后,仍以天平计之。有一室,谓之监察挂,凡工人散时,必经此处脱衣漱口,防其私携银物,即余等出该局时,尚有人盘诘,其慎重如此。据闻日本通国止此一处。又到大阪府,晤知事高崎亲章略谈,伊给予介绍状一纸,开列数处。到纺绩会社,投介绍状,中山秀一引观,其棉花来自中国者为多,阿美利加次之,楼上下机器林立。先将散乱棉花,推入机器内,机上编宽竹为帘,周回旋转,乱棉附竹而下,经铁轴卷如被胎式,另置一机内,由铁轴渐渐放出,用机器弹之,不可得见。旁嵌玻璃,见碎花在内飞动,渐由机推出,已觉松活。将此花另置一机内再弹之,蜂涌而出,洁白空松,远视之,几如白水之下注。又周转数处,经铁管吐出长绳,盘绕洋铁桶内,满则另易一桶。旁列机器百余架,每架前面,安设无数铁签,罩以竹筒,将该桶长绳排至各架后,入机器抽之,旋转如飞,俄顷,前面竹筒,已成无数线团矣。其初甚粗,逐节易机,如法抽之,不下十数次,渐抽渐细,机声轧轧,不闻人声,皆女工司之。又一机器,将线团绕成一索,送入织布处,其机器亦不下百余架,亦有叠布量布各机。到聚乐园午餐,支那料理也,甚佳,比东京价稍贱。到硝子制造所,较东京岩成,大至十倍,见制玻璃,先用长铁管粘原料,入炉烧之,吹为一大泡,加原料入炉再烧,渐渐大如圆桶,入别炉铁板上烧之,用铁竿拨平,仍由机器推出,需大需小,有人另一室切之。又见吹各种瓶盏，先在火内烧之，吹成圆泡，工师用夹剪，夹长夹扁，随心所欲，再送入炉再吹之，即成所欲制之式矣。又见錾杯盏花纹者，安刀凿于机上，听工人拨动刻划，无不如志。竟日坐人力车，车夫怀中有赁车价目，按时给价，尚无虚言，每辆不过一圆有奇。坐火车返神户，已近酉刻，询知博爱丸午后二时抵埠，到同和栈，仆人已由轮上岸到栈。晤商云亭太史衍瀛叙谈，商系广东驻防，余癸卯会闱所荐士，在进士馆毕业，经学部派赴东洋游历，甫过此，亦住栈中。晚，雨。

初四日(1907 年 7 月 13 日) 癸亥，阴。晨八时，上博爱丸，坐二等舱。十时开轮。

初五日(1907 年 7 月 14 日) 甲子。晨八时过马关，小雨，停轮上煤。午后三时，开轮。

初六日(1907 年 7 月 15 日) 乙丑，晴。晨六时抵长崎，上岸，到四海楼小饮，游街市。午后上船，四时开，晚大风并雨，舟微荡。

初七日(1907 年 7 月 16 日) 丙寅，竟夜风，舟尚平稳，小雨。

初八日(1907 年 7 月 17 日) 丁卯，小雨。夜半抵吴淞，候验病，方放行。六时抵上海，查关甚严，因有护照得免。上岸，寓二洋泾桥全安栈。

此行也，由抵沪起，迄返沪止，凡百有六日，历长崎，过神户，游东京，流览西京、大阪，见街市清洁，居民安谧，无争斗者，无喧哗者，无临街便溺者，无入市抢夺人之财物者，目不睹悖义之事，耳不闻非理之言，问何以故？曰：法律严而一也。问尽人知守法律，又何以故？曰：教育普且早也。东人男女，满三岁，即入幼稚园，有保姆携带，有教师演说，启其聪明，导以礼法，知识甫开，防闲已固，川广自源，成人在始，其信然欤？由是而小学、而中学、而高等，分门教授，悉底于成，虽大学难以强同，而小学在所必入，以故造就之广，不遗一夫，上足备国家任使，其次者出其所学，即一能一艺，亦足以自赡身家。而政府复设市役所、警视厅、裁判所,以平均之、保护之、稽查而惩儆之,无一事不取民财,实无一事不从民欲,上下相安,遂成风化。虽其制度文为,近于智取术驭,未足语于古圣王郅治之隆,然明治竭数十年之功,精神专一,法令整齐,昔为一弹丸,今为一雄国,创造之艰,转移之捷,实有超越寻常者。观于各学堂、各局所及工场商肆之间,无废事,无游民,各勤职业,不相侵犯,居处交际,怡然秩然。窃叹东人事事公、事事实,求利于己,不害于人,谓非教育普及,能若此耶?然则东国无盗贼乎?曰:有,盗贼自盗贼,未有非盗贼而怀盗贼之心者,是不守法律者,不过百中之一二矣。陈编所叙述,官吏所铺陈,容有溢美,今身入其中,息心体验,起居动作,察及细微,彼方流露于无形,我即谛观而有得,感风俗之厚,悟教化之良,还顾我邦,同文共种,德行智慧,有过于东人,但能无人不学,无事不学,早在教育之中,耻轶法律之外,以实心行实事,以公理图公益,十年而后,其政治必更有可观者。是则区区笔述之微意也。至一切条教章程,日人具有成书,无劳袭取,若西抹东涂,谬矜著作,攘为己有,何异乞邻,甚不愿以微生自待也。唯东游百日,略纪行踪,拉杂支离,弗暇计及,且不通东语,舛谬滋多,幸高明垂谅焉。光绪丁未季夏珠湖若米杨芾自识。

日游笔记

王景禧[①] 撰

日游笔记序

近岁考察东瀛学校归者，记载夥矣。其裒然称首者，以吴京卿《东游丛录》为巨子。余或详其制度，而略其精神；抑知其精神矣，返而施之吾国，又风俗程度之不相称，未见其善也。太史是编，穷数旬力，凡彼中官私附属各学校，纂述独详，其言主小学教育之普及，而辅以急兴实业，且取日本欧化、保存两派镕于一炉，皆卓有心得而非肤

---

① 王景禧(1867—1932)，字燕泉，号石荪，山东兖州人。其父王薪传系1867年举人，曾任河南襄城县知县。自幼好学，先入沂州府学为生员，后举乡试。光绪十六年(1890)中进士后授翰林院编修，兼国史馆协修，又任顺天乡试同考官。戊戌变法后，出京任济宁南池书院山长，又被派往日本考察教育，护送留学生。此后致力于教育事业，曾任齐鲁大学教授，创办了山东优级师范专科学堂、山东高等农业学堂等。辛亥革命前曾任山东省咨议局副议长；1919年应北京政府国务总理靳云鹏之聘，曾任国务院秘书长，一年之后曹锟、靳云鹏下台，亦相随去职，住在天津英租界，作靳云鹏私人秘书，为其讲古籍，并教其子读书。离开靳家后，在天津集股办炼盐制碱公司，因资金不足宣告失败。后在天津行医、卖字为生。九一八事变后，日本帝国主义在东北策划伪满州国，郑孝胥曾写信劝他去长春任职，他撕信大骂郑为无耻汉奸。1932年卒。著作有《金石释文》、《知吾所好斋金石文史考》、《过园诗存》等多种。

受所能同;又因见彼之标本仪器处而欲仿造颁行,见彼之女学食谱表而欲设法以杜饮食之讼,盖非徒用力之勤,而孳孳焉为本国计者,至深远也。付诸梓人,以备从事教育者之观览,是犹京卿之志也欤?因书所见以归之。

光绪甲辰孟夏项城袁世凯叙

序

光绪癸卯初秋,予考视学制至自东瀛,反命于宫保袁公。公曰:此行其得要领矣乎?予应之曰:明治维新,庶政纷纠,与吾国颇相若,其学校经始,尤与吾北洋不谋而同,厥后自育师资,不复借材异地,三十年来,规制数易,精益求精,乃臻完备,要其全神所注,着重国民教育之普及,遂收捷效,惊美全球。今我学校规模粗立,功候尚稽,民智未开,财政困乏,所赖宫保维持,庶几遹观厥成。顾欲普及国民,非造就师材不可,欲造就师材,非广派留学不可。公曰:可谓知要矣。归语王燕泉太史,为送师范生二十人赴东,且以所见所闻借资考镜。予应之曰:唯。先是,严范孙同年久韫斯意,因就而商定之。天津、保定各遴十人,资而属之,燕泉乃以八月杪,挈而东渡,安置弘文学院,部署余闲,恣情浏览。以是冬归国,今春持所述《日游笔记》问序于予。予谓:善!窥教育者不于其形式,而于其精神,精神不存,形式徒具,与罔知教育等耳。吾国教育萌芽伊始,形式且不具,奚论乎精神?然考察家固不可不由表以观里,由浅以浚深也。是编所记,为期不过数旬,而所历官私附属各校,所旁及局馆厂场,几达五十余处,自形式之表面,以深入于精神之所寄,主要阶段,一一剖其窍而导其源,视吾所获,抑又加详。而又拳拳于全国之忠爱,眷眷乎生徒之运动,化东西新旧之两界,铸欧化国粹于一炉,郁思幽情,横溢言表。至谓唱歌为教育之心,体操为教育之骨,议尤奇警而确。其他绪论,亦弥切实用,而可见施行。燕泉此行为不虚矣！学校要领，其在斯乎？其在斯乎！

光绪三十年岁在甲辰二月，永年胡景桂序

九月初一日(1903年10月20日) 凌晨，登舵楼，观日出，望见东南一带，岛屿起伏，即吾东登州沿海各山也。此行赴日本视察学制，随带翻译官杨庆鋆，书识刘揆，并学生王振垚等二十三名，送入弘文学院，肄习高等师范。日本文学士北村泽吉，亦送眷东归。同乘日本邮船营口丸，分住一二三等客舱，清洁绝尘，往来会谈，宛如浮家，颇不寂寥。先日午后三时，由天津大沽展轮，本日午前十时，至烟台停泊口外，待医士验疫毕，始进口。船长以端艇送予登岸游览，至日本领事署茶话，周历市廛及租界，依山傍海，商贾辐辏，而街市极不洁。午后归舟，遥望北面芝罘山，与烟台对峙，成一山环，再北有四五小岛，则崆峒岛也，居民六十余家，皆业渔，亦有农者。

初二日(1903年10月21日) 辰六时微雨。十二时启椗东驶，天色开霁，风浪不兴，水作深碧色，三时一刻，至刘公岛，持远镜窥望，有兵轮三艘，驻泊其间，同舟有美国人指而华语曰：此威海卫也。傍晚，至山东角，遥见塔灯，其明如月，绕过成山，遂入黄海界。

初三日(1903年10月22日) 辰，登舱面远眺，水天相接，一望无际，作黑色，即俗所称黑水洋也。十二时，微见天际山色隐现，移时，群岛迎人而来，是为朝鲜群岛，山麓下水色作一缕绀碧。俄而舟出黑水界，水变绿，旋又淡黄，则大同江流所入也。再进则岛屿罗列左右，有若笠者，有若屋者，有若伏牛者，又有怪石突出水际，如半身鳄鱼形，渔舟泛泛，往来其间，四时许，望见济州岛。

初四日(1903年10月23日) 辰，经日本五岛，再进为平户，遥见兵轮十余艘，纵横海面，则佐世保军港也。过此，群山罗列，为日本肥前国，各山树木茂密，石磴层叠，阴翠晴岚，殆如图画。十二时，舟泊长崎，率学生同北村乘小轮登岸，至吾国领事官署小憩，遂往阅视长崎医学专门学校浦上山里村字江平前千六九九番地。校长田代正，延入楼上应接室，室内遍悬学生撮影，皆历次毕业生。田代言，自吴先生汝纶来此后，得先生而再，然亦空谷足音矣。闻先生究心此道，凡吴先生所阅视及未及阅视者，当一一详为导观。遂至图书室及图书阅览室，内藏东西各国医科书，及理化学科书甚备，又有各种医学报。至解剖标本室，有纸造各种模型，其手足、股肱、头部、脏腑等标本，则皆真形，一一置玻瓶内，而浸以酒精。室中别有一方案，置酒精玻瓶九，则自一月至九月之胎儿也。予询何以得此，校长笑言，凡病小产者，来请为施治，悉令勿弃所产，以备考验，以故积久而皆备。亦有从民家购得者。此室，非特许不得参观，即学生亦不轻入也。至准备室，则各种植物动物标本，各国药品悉具。至助手室，则凡教员实验各事，或制炼各品，一人不能作者，助手助而料理之。架上置玻瓶极夥，凡各种疫虫皆贮之，日本所谓虎列拉(霍乱病)，又有近世所谓黑死病者，皆有疫虫，虫极微细，以显微镜视之，略可分别，凡病之传染，皆疫虫随口鼻之呼吸而入，故西人防疫，蒸烧甚严，为杀疫虫设也。又有腹内各虫，是日所见者，曰无钩絛虫，曰篦形二口虫，余则吾国所谓蛔虫、寸白等类。坐观移时，出历物理学教室、化学教室、生理学教室、病理解剖实习室、细菌学教室、药学教室、制炼室等，皆教员讲解，学生笔受，其各种实习，亦皆教员指点，学生依法实验。此校共分二科，曰医学科，曰药学科。医学科四学年毕业，药学科三学年毕业(课程表别录)。现在学生共五百余人，皆中学校毕业后，经考选而入，大抵习医科者多，药科者少，非毕业后，不得出为医员及自行营业。以视略识之无，即俨然自命儒医，杀人曾不转瞬者，其相去为何如耶？校内附属病室，未及往观，至狂犬病治疗室，即猘犬啮伤病也。凡被伤者，治疗一不如法，便致不救。此室旁通饲养动物小室，内蓄犬兔数头，凡被伤者，以其血点犬兔，复以犬兔血点病者，则病可轻减，易于施治。又凡某处有狂犬，与之邻近者，恐多传染伤人，则速以点过之犬兔等血，一一点之，为预防计，盖治之于已然，不如防之于未然。轩、岐、《灵》、《素》[①]，亦言之綦详，此又不独医学一端也。阅毕，复至应接室，田代为言此校沿革甚详。其初欧西传教士，渡来长崎，兼施医术，国人从之受学者甚少。安治四年，和兰医官某来长崎，经本邦聘为教习，今标本室内所存纸造人体模型甚黯敝者，即其所制，故今尤加意保存，以为纪念。又言中国此时，亦宜急设医学，不第慎重民命，实足为国人信从各种实学之先导。日本维新之初，议论沸腾，后知西国医法之确有实效，因之各种学科，亦渐次推行无阻。予因言，即如吾国牛痘一法，亦传自欧西，其始信从者鲜，近乃盛行，然医者不求精进，知其当然而不究其所以然，以故略见流弊，又增阻力。医学一端，凡体质禀赋之各异，气候风土之不同，必融会贯通，始能得其确效，吾惧夫或胶柱鼓瑟，或沿袭皮毛，如今日纷纷之讲新学者，徒滋诟病，世无扁、仓，未易言也。田代喟然。六时归舟。

初五日(1903 年 10 月 24 日) 辰，偕北村梁孟阅视长崎造船厂，厂襟山带海为坞，地势宽阔。执事员先导至标本室，观各种汽船形式，精肖绝伦，皆本年曾陈列于大阪博览会者也。凡作一船，必先详绘各细图。图定后，则依图先作一缩小若干之船式，凡汽机舱舵，细至一钉一板，无不备具，有不合者，则改作之，以迄于成，是为标本。然后依式制造，以故无论载重若干吨之船，造成后，无不适用，现正造一载重五千吨之商船，名日光丸，工作万声，遥闻数里。遍历木工金工各厂，皆以蒸汽运机，其细工则借蒸汽磨电，引电运机，工人达二千七百。厂中一律皆电灯，船坞中，有法国兵轮一艘，船身触礁，觅此厂为修理，此厂为邮船会社资本所立，然政府有所制造，亦多交其承办。日本近今航行内外海各船，悉出此厂所制。民力之关系于国家，如此

---

① 轩、岐是黄帝轩辕氏与其臣岐伯的简称，灵、素指《灵枢》和《素问》，合称《黄帝内经》。

之重且巨哉。午后三时归舟,四时开行,过平户海峡,经壹岐岛之南,夜过元海洋,颇觉动摇,同人有吐者。

初六日(1903年10月25日) 辰六时。傍三门岛停泊片刻,候医士验疫,即开行,至门司下碇,其验法亦不等,三等客,皆诊脉视舌,二等客,但视舌,一等客,则望望然问人数而已。门司与马关东南西北对峙,为入日本内海之要港。十一时,开行,两岸山色,秀蒨宜人,超绝尘外,世所称海上三山,虚无缥缈,要不如身历其境者,一豁俗襟耳。

初七日(1903年10月26日) 辰七时。抵神户,即率学生乘小轮登岸。日本驻津领事有函致神户税关,行装悉免点验。至神田旅馆小憩。购汽车券,登车,向大坂发,经住吉、西宫、神崎等处,皆停片刻。约一时,即至大坂,寓川口张元臣许。食后,散步市廛,极为宽洁,多遇吾国人。张元臣云,神户华商约三千人,大坂约五六百人,统日本全国,约华商二万余人。

初八日(1903年10月27日) 辰,阅视大坂高等工业学校。此校为文部省直辖,校长安永义章,工学博士也。为言本校宗旨,专为养成将来从事于工业者。其教科大别为三部,曰机械工艺部,曰化学工艺部,曰造船部。机械工艺部,置机械科之一科;化学工艺部,置应用化学科、染色科、窑业科、酿造科、冶金科之五科;造船部,置船体科、机关科之二科。学生各就一科专修之,修业限三年(各科课程表别录)。先观机械科、船体科工场,有各种汽机,及镟盘、丸锯、带锯等机械;观机关科工场,有熔铸炉、送风机、起重机、蒸汽锤、水压唧筒等机械,学生一一皆以工作为实习。次观应用化学科工场,次观染色科工场,有单丝、片布、纫丝各种伸张强力及弹力验定器。校长为予试验之,置丝若布于机器上,视其丝伸长若干而断,则知其柔韧坚松之度,而优劣显然。其捺染各学以外,皆备有显微镜及热度表,用以试验而得其定衡。次观窑业科工场,则学制玻璃料,及各种陶磁器之所也。观酿造科工场,有显微镜大千三百倍及千五百倍者四具,学生正查视细菌等，如饮食等物发变，面上每起一种白毛，皆细菌也。以镜视之，其上为圆锥形，其下则茎须根荄，悉历历可辨，酿酒所用之曲，亦细菌含有发酵性者所成，故必详验其有毒无毒，酿造乃能纯良，又有造冰机器等。校长一一详说，不能悉记。是日正值大雨，同观者皆未携雨具，周行各场，衣履沾濡，最后至讲堂稍憩，极宽绰明厂，雨亦渐止。统观此校注意之所在，大抵教员讲授，学生实习，既能其事，复求其精，不仅以空谈名理毕乃事也。校有吾国学生五人，习机械科及应用化学科，正授课时，未得晤话。阅毕，出赴大坂市立爱珠幼稚园阅视（东区今桥三丁目），园长为高等女校卒业生，未询姓字。先至标本仪器室小坐，各种植物标本，及保育开诱诸器咸备诸器具谓之恩物。园长出画册示予，皆其国历史等事，有关于儿童修身伦理者，又出各种恩物，详言保育开诱之意，大抵以开启知识为主。北村言从前幼稚园重智育，今则体育、德育视为并重，十数年来，逐渐改良。凡以各玩具导诱儿童知识，稍涉困难，恐伤脑力，今俱改为容易而有意趣者，较前更为有益。儿童自四岁至六岁，为入园之期。每日不过三小时课程，亦恐因太多而致损也。观音乐体操，其室名游戏室，宏阔洁爽，地皆铺板，保姆二人，一人鼓琴，一人率之，同声唱歌，俯仰中节，步伐娴齐，群儿欢甚。稍息，为游戏体操，保姆出小旗红绿各二，使二童各戴帽，各执旗，立指定之地，群儿分两队排立，每队同时各出一人，执旗竞走，绕戴帽者之前而归，以次各接旗竞走，如某队先走毕，则共拍手为贺，某童迟缓，则欢笑之。操毕，皆按队徐行，至院内，则跳舞歌唱，自乐其乐，喧而不嚣，戏而不野，尤为可爱。至各保育室（一名开诱室）观保育各课，曰六球法、三体法、积体法、置板法、置箸法、置环法、图画法及刺纸折纸豆细工等法，又有耕作、理解、计数、说话等事（课程时间表别录），群儿列坐，几椅皆适合身度，此卫生所极宜注意者。保姆取幼童所折纸燕、纸蟆、小船等，令其持赠，予学作彼国语赞之，群鼓舞色喜，不似我国小儿见外人状也。其经费大半出于市内公资，富家亦多捐助金，存作基本，以其息利为额费，亦有收保育料者如脩金之意，然为数甚轻，民家易于措筹。此园建筑及置备物品开办等费，达八万余元，亦可见市内殷富，视教育为尤重矣。阅毕，已过午，顺途阅视市立小学校，此即日本全国普及所极注意之国民教育也。校分寻常及高等，寻常四年，高等四年，儿童就学之期，以满六岁者为始。自入此邦以来，见夫吏勤其职，工善其事，商习其业，兵服其职务，农易其田畴，男妇熙熙，一无游惰，其原因皆由全国普及之小学国民教育而来。所谓国民教育者，谓有普通之知能，能胜国家之职务，始足为此国之民，无普通之知能，则虽有耳目心思，虽有手足肢体，而一无所知，一无所能，有此人几如无此人，且须仰给于人，直与废人等耳。是故兴学为立国之根本，而小学之国民教育，尤为根本之根本，其程度绝不求高，但求切于实用。其科目，寻常则修身、国语、习字、算术、体操、手工、唱歌二者为随意科目，高等则加地理、历史、博物、理科、图画、裁缝女，其精神之所贯注，则首以忠君爱国之意念，印之于脑，以日常必需之知能，备之于身，无论何科，皆本此宗旨为教授。以故受一般国民之教育，乃能具一般国民之资格，具一般国民之资格，乃能担任一般国民之义务，同其伦理，同其知识，同其技能，乃能同其心力，国家所以有无形之团体也。无地无学，无人不学，毕业以后，年甫十三四耳，为士为农为兵为工为商，皆本其忠爱之心思，尽其当为之职分。学道爱人，学道易使，至哉圣言，括尽政治界教育界矣！故予观此校，略其形式不书，第绘其精神，以谏同志。其外容，则教室衔接，便管理也，男女异室，示远嫌也，讲堂特别，昭郑重也，教员悉师范毕业者充之，无冗滥苟且之习也，如是而已。归食于丰乐园，为吾国馔式，北村言视察过劳，非旅人所宜，应小饮以益体气。晚六时，至停车场，八时，向东京开行，电灯朗映，夜色甚佳，假寐至晓，殆已千里。

初九日(1903年10月28日)　辰八时。至东京，雨中，留学诸生数十人，皆远迎至新桥停车场。弘文学院招待人松林亦至，言学生宿舍已备齐，即率学生至小石川区，始知于弘文学院外，相距二里许，别立一塾，室系新造，尚多未就。大雨中，寒甚。安置略定，即赴本乡区六丁目伊势荣旅馆，叶生基桢为预赁定之所也。自昨夕发大坂，一千余程，至是已一日夜不得食。行箧携有白酒，海外重阳，雨声杂沓，聊谋一醉。晚，冒雨至弘文学院，晤嘉纳治五郎，议学生课程。

初十日(1903年10月29日) 仍雨。辰以电话询杨星使枢、马参赞廷亮此次送来学生归马参赞监督，俱外出，午后，诣使署，尚未归，知今日递国书后，赴各署会晤也。至山东师范学生监督方燕年同年，及直隶武备学生监督赵理泰处，皆不遇，冒雨归。

十一日(1903年10月30日) 雨。弘文学监黑木千寻来寓，商学生课程，并请选派学长渠谓之部长，即派定胡家祺。午后三时，至嘉纳宅，同至外塾，学生齐在讲堂见面，嘉纳演说。

十二日(1903年10月31日) 雨，未歇。电话致使署。请其早知照外务省文部省等处，约期视察各学校。午后，陈君榥字乐书来，现肄业大学校工科，笃志向学，人尤纯谨，谈此邦学制甚畅。

十三日(1903年11月1日) 仍雨。诣铁侍郎良、刘观察永庆处，皆大演习陪观者。至使署，晤杨星使，因与马参赞议定学生课程，曰教育学(附心理学)，曰教育制度日本、欧美，曰教授法(附编纂教科书法)，曰学校管理法，曰地理学(附地文学)，曰历史学(附近世外交史)，曰法制经济学，曰数学分数、小数、开平、开立、代数，曰博物学动物、植物、矿物、生理，曰理化学物理、化学之实验，曰日本语文，曰体操普通器具、兵式，又每星期内，参观学校一次，至第三学期，每星期二次，拟于日内同晤嘉纳协订，即行开学。

十四日(1903年11月2日) 辰，至标本仪器商处，阅看学校用品，甚精备。因思直隶开办学校，已逾一载，凡垩笔、石笔、石版、墨水及动植矿物各标本，理化学试验各仪器，一切购自外洋，若学校林立，势必不便取给。将来归国后，会商同志，于师范堂内，附设学校用品科，选聪颖朴诚、稍读书而通文义、年十六岁以上子弟数十人入之，教以博物学及浅近化学，学作各标本用品等，不过半年，便可毕业，所造各品，专售作通省学校之用，为益似不鲜也。午后，至上野公园，观动物园及博物馆,凡世界古今各物有关于政治、学术、人种、风俗者,无不备具。至团子坂观菊人形,归至帕诺拉玛馆憕画之意,观油画德川上野之战,晚赴公使署之招。

十五日(1903 年 11 月 3 日) 辰,由饭田乘汽车,至青山练兵场,观演习兵式。是日为天长节,例有此举。日皇戎装乘骑亲临,凡马步炮工辎重等队,严明整肃,是不难也。所难者,自将佐以及兵卒,皆曾受国民教育,人人富忠君爱国之思想耳。场外观者,逾数万人,男女老稚,骈阗鳞萃,皆脱帽致敬。十二时,观毕归,沿途遍悬旗帜,各校亦悉放假,男女生皆着学校制服,尤络绎于道。午后一时,赴直隶留学生欢迎会,到者五六十人,嘱予演说,因言"国之振兴,基乎教育,我国文化开辟,逾四千年,形上形下,灿然美备,但化裁通变,因时制宜,称古而鄙今,逐末而忘本,殆两失之。今者一国之学,不足当竞争最剧之时代,必合世界之学以为学,乃可屹然自立,现在学堂设立,尚在萌芽,非嘉种之难求,实上农之不易,诸君不惮万里,海外求学,既多受外界之刺激,爱国之心,自必百倍增进,他日学成归国,树艺滋培,责无旁贷,但勿以萧为艾,勿以莠乱苗,翘望有秋,其不远乎"。终席后,共撮一影,以为纪念。

十六日(1903 年 11 月 4 日) 辰,至文部省,晤总务局长冈田良平,及属官野田义夫,即为吴挚老讲教育行政概要者也。至外务省,晤总务长官珍田舍己、翻译官岩村成允,约定自明日起,视察文部直辖各校。

十七日(1903 年 11 月 5 日) 直隶来学速成高等师范诸生是日开学,辰九时,至弘文学院见嘉纳校长,马拱辰监督亦至,同至外塾,行开学礼。校外高揭国旗,旗黄色绘龙,与日本国旗交映,亦盛仪也。诸生齐集讲室,为说来学宗旨,勖其互相砥砺,并嘱分纂讲义录。午后,阅视东京市立常磐小学校(日本桥区),至则文部省所派陪视员野田义夫文学士已先在,教授导观各教室,出学生统计表示我,现在男女生一千余人,教员男女共二十余人,男女异其教室(课程表别录),

分寻常小学、高等小学，寻常四学年，高等亦四学年。学童年岁满六年者，入寻常小学，四年毕业，入高等小学，教员皆师范毕业生，教法秩然，每一教室，约容学生六七十人，一教员教之，称各级教授一人教一班，盖小学教员，尤须注意儿童之身体性质，故不用合级教授一人轮教各班，此校修成甫三年，皆楼房相连，便于管理。学生出入教室，皆按步法，二人成列，绝不紊乱，尤为可法。阅毕，教授以女生所作随意画、临摹画、真草书为赠，北村为言，此名学生成绩品，每月学生所作，存数纸于校长处，年终比较之，并示本生，所以考其进步。

十八日(1903年11月6日) 辰，阅视东京第一高等女学校(浅草区)，此校为东京府立，东京府派视学官御园生金太郎来陪视。校长伊藤贞胜，年约五旬，蔼然道气。此校毕业期限五学年，高等小学校四年毕业者，经考选得优等，入此校第三年班三学年毕业，次优者入此校第二年班四学年毕业或一年班五学年毕业，在高等小学校修业满二年以上者，亦可应考选，统入第一年班，修业五学年高等小学缺二年故也，总之合高等小学及此校共九学年，亦有缩短一学年者。不入选者，仍归小学校本班修业，其大意与男子之中学校同(课程表别录)。先至室内运动场，观二年生游戏体操科，为回旋运动、连锁运动，女教员教之，其周转随洋琴之音节，计三十分钟，次为徒手体操亦名美容术，言正其容体也，则男教员教之，亦三十分钟而毕。次观二年生音乐科，教员先将歌谱书墨版上，学生用铅笔照录毕，教员以洋琴按谱教歌，其歌意皆历史及忠爱各事，教毕，则全班立而合唱，是日所教歌谱，名赤十字。赤十字者，战时所备治疗受伤各军之军医队也无论敌兵、己兵，皆尽心为治疗，日本赤十字会，日后为之总理，疑即其意。北村为言，此科仍为音乐中之唱歌，非专教音乐东京别有音乐专门学校。次观三年生数学及英语科，数学以开平、开立为限。五年生得加代数、几何。英语课本，则本国自编。吾国尚无此种课本也。教员亦女师，英语极娴熟。次观三年生裁缝科，所作皆一律衣物、针线皆学生自备，运针甚速。次观图画科，分几何画用画图器械以角线点面法写各形、临摹画、写生画教室之外普栽各种花草,名曰花坛,学生就而摹写之,皆随时考案,以试其心思。此外修身、国语、历史、家事、割烹、地理、理科、作文、习字、作法学操作、习礼仪各科,有同在一时间而未及观者。阅毕,校长复导游各室,如通常教室、特别教室、藏书室、图书阅览室、理科标本室与教室相通,最便、生徒控室来学及课余休憩之所、整装室女校所特有、休养室忽然有疾者暂息于此、作法室习礼之所、教员室教员皆不住校,授课暇即在此稍息,惟男女教员同在一室,似未便。最后至讲堂,可容数百人,为行祝祭大仪及卒业式所用,讲修身学亦在此堂,每月一次,盖使全班生徒,视修身为最重要,且受一般之教育也教室为各科授课所用讲堂,则全班同行大典所用制最善。此外或有临时谕告生徒之事,及开温习会数班学生同到,以示比较之意,皆用此堂。堂正中作龛,供御像,极庄严,两傍有二像,一为菅原道真,一为新井白石云。综观各室,皆清洁无纤尘,采光通气之法,尤极讲求,盖注意卫生者至矣。此校本年八月始竣工,房舍在东京女学校中,亦为第一(别有细表)。女生十一班,共四百八十八人,年最长者二十岁,最少者十二岁。午后一钟许,至酣雪亭早食,食后,至上野公园,观帝国图书馆,层楼数级,合世界各书图报纸,分别部居,以待观者。有观书室,每日来者不下千人,井井有条,吾国宋元椠本数十种,为近世所不可见者,得纵观之。黎氏采刊《古佚丛书》各种,亦未备也。是馆创立于明治五年,不过七万余册,今则甲乙部已达三十八万册,虽较之美国图书馆,为数尚减,亦足抵百城矣。司书官西村竹间,须发皓然。

十九日(1903年11月7日) 辰,阅视东京市万年小学校(下谷区),野田及御园生仍陪阅。校长矢岛龙之辅,殷殷讲论,凡至一室,皆与其生徒演说云:此中国贵宾来观,尔等应如何勤学。学生皆起立,与客为礼,彬彬有度。此校为市立,皆贫民子女,不收学费,男女生约二百余名,一年生分甲乙级,异其教室,二年三年四年,则同一教室,而别其坐位如足一班之数,则仍分室教之。凡在下谷区者,皆来就学,他区亦得附焉。每年用款,约二千九百元,学生所用笔墨、纸簿、手巾、铅笔、针线、裁缝用布等，皆由校备，字帖、砚石、算盘等，皆借与用，每教室容七十人，因教员不多，视学生程度，一班中分甲乙级教之，如同一时间，甲级习字，乙级学算，但不与唱歌同级，防淆其心也，体操则都为一班。吾国初立学，经费困难，尤宜取法于此。午后，往观女子师范学校高等女学校之运动会，运动会者，每年一次，合全校诸生，为各项运动，来观者数千人，寂坐无哗，赞赏者但鼓掌而已。名目四十有二，有写生竞走、裁缝竞走、割烹竞走、插花竞走等，以最敏速者第一人为优等，有赏牌分二等，视指定之钟点逾否为甲乙。此校附属小学校，小学生徒所演，有所谓决死军者，女子师范各生，达二十岁左右，练器具体操，步伐整齐，演障碍物竞走法，跳步如飞，虽在女子幼童，不忘战意，可畏哉！四时会毕，同唱国歌，尤极缠绵忠爱之致。校长林吾一氏，立观而不坐，各教员则躬自布置，不假手小使也。晚，外部招饮红叶馆，风景高旷，总务长官珍田舍己为主人，有舞妓，演各曲，末六人，举我国旗及日本国旗各三，为交互状，示睦谊也。食品中有寒天一种，如吾国凉糕，亦作两旗交互状，例得携以归。夜中大雨。

二十日(1903年11月8日) 辰，雨未歇。是日为日曜，各校皆休业，一日未出门。鲁生弟自弘文以电话来告，有学生欲附直隶速成师范班，当即来覆，东京无处不通电话，虽有要事，可不出门而通话对谈，如必须面访，则先用电话，询其是否外出，或竟约定时刻，凡一顷刻间，飞骑不能到者，一二语即办一事，省节时力，为用大矣。叶希贤、丁惟櫲、许任世、周子畏来。

二十一日(1903年11月9日) 辰，阅视东京府立第一中学校(曲町区日比谷町)。校长胜浦鞆雄，为高等教育会议议员，即吴挚老《丛录》中所载，为定中学堂课程三次者也。学生达八百人，经费年仅两万余元。胜浦言，房舍狭，学生多，办理不易，现正添修教室。周阅各班学生，大别不过十五六七岁，皆由高等小学校考选而入(别立表以明之)，大致亦如高等女学校，日本各学所定学年之始末，皆大概相承接,以故学生既毕此校业,距应入之校考选时期,皆不甚远如吾国八月乡试,则决定次年三月会试之例。吾国学堂初立,小学中学学生,皆二十余岁,是不得已之举,稍迟数年,亟须划定,方不误学生程度。现在直隶各县所办小学,其程度低于日本之中学,而高于日本之高等小学。以是推之,直隶现办之蒙学八年,实为日本之寻常小学四年、高等四年,各县之小学堂,将来俱应名为高等小学堂,为一邑之模范;各府中学堂而外,应急设各种实业学堂;省中之大学堂,实应名为高等学堂,如日本之高等学堂程度,分科授课,为京师大学堂之预备;而现在中学堂课程,除英文外,尚不如县立小学科目之完备,宜急筹改良也。应改现之蒙学曰初等小学,为全国普及之国民教育。现在之小学为高等小学,现在之中学科目,宜再加完善。此外宜多设各种实业学堂。现在之省城大学应名高等学堂,由中学堂毕业生考选,为京师大学之预备。其六岁以内之幼童,应视地方经费之赢绌,于小学堂内附设养蒙园,如幼稚园课目。午后,观教员授理化学,学生案上,皆有瓦斯管,备热化试验之用。其余授课,皆略观十分钟时(课程表用书表别录)。最后,至讲堂,设备亦如前阅各校。至体操场,观角抵术,二人相持,地铺厚荐,虽仆不伤,教习言,此名柔道,亦名柔术。观击剑术,则皆以铁网罩面,以革蔽身,用竹作长剑,尽力击刺,以中要害为主,教员亦蒙面裹革,由学生奋击,口中亦作呐喊声,骤观可骇,实则注意体育者至矣。兵式体操,则皆持单响毛瑟枪,不异军队之演习。又每年由教习率领作行军队。春秋二次,往往出外二十里许,次日始归约中里一百二十里。又教习率学生旅行,搜求动植物陆海各物标本,以验学生进诣,而等第之,学之所以实也。校长赠考察勤惰表、用书表、检定成绩表、豫算表、检查票、明细簿、教室日志等,详为解说,皆条理可法。是日,校内伦理教员雏田作乐文学士同导观,为言中学校有教室主任,主任者,例如理化教室,虽不仅用一教员,而于数教员中,择一人专理此室事,任专则事皆不繁而理,当仿行之。

二十二日(1903年11月10日) 辰,阅视东京府师范学校(赤坂区青山北町)。校长泷泽菊太郎,教育家也,导观各教室及讲堂等(课程表别录)。教室内,每一人几凳皆相联,几面以铰链附其下,可以折上放下,学生入座,俱由右达左,先将几面折上,坐定后,再将几面放下,其距离之远近,与身体恰合。看书时,将几面折上,置书,作上高下低之平立度,不平置也,平置则书之上行距目远,下行虽近,又须低头,且人之目光,宜平视不宜下视,平置则须下视,平立则恰平视,可以不低头,不伤目。理化教室几凳,则周围一室之三面,教坛据一方,学生坐,以次递高,一几容二人,通室相联,前一人所倚之坐,即后一人所据之几之外面,不费木工,不占多地。师范生皆有寄宿舍及自修室。自修室容十二人,尚绰有余地。每几四人,二人据一面,几正中,置两面之小柜以限之,内可置文具,上可置书,壁上皆以木架板为书阁,制作尤省便。寄宿舍二十四席,容十人或十二人,卧具皆自整理,扫除亦轮班任之。学生在教室自修室之时多,寝室则白昼一律开窗,以通空气。其余标本、图画各室,以及食室、浴室、炊室、盥室,皆位置得宜,逐一细阅(有图别附)。直隶所设之师范学堂,教室十二处,虽近而不联属,殊不便于管理,且有寝室而无自修室,有教员卧室而无教员休憩所,远距半里,往返尤艰,宜改良也。此校设豫科及讲习科,豫科者,高等小学毕业,或程度稍不足,则入豫科,修业限一年二年,讲习科者,无论男女生,毕业高等小学后,复在外自习二三年,有教员志望者,考选入之,一学年或六个月,即毕业,可充寻常小学教员。我国师范不足,经费不裕,尤宜仿行。野田言:现在小学教员,俸给不优,东京学生,大半欲入中学,不欲学师范,且毕业后,服务十年,不如由中学递进,故此校四百余人为东京府籍者,仅三之一耳。又言小学为国民教育,且全国普及,师范尤宜着意,现在日本有教育责者,更注意于此。此校附属小学校,男女生五百三十六人,分十四班,别有教员专掌之,而以师范各生为实地授业,称曰"教生"。大抵教室中或教员授课,而教生旁观,或教生授课,而教员指点。参观阅五时而毕。校长以师范生所作木金工数品、小学生所作泥细工、纸细工各品为赠。晚至浅草公园帕诺拉玛馆,观庚子天津事变写真画,无异身临其境,痛心无似。各剧场外,百货杂列,有大劝工场,东京市外之来游者,男女相属,至观音院古刹,有喷水像,颇可观,殿内焚香膜拜、喃喃祷祝者相接也。

二十三日(1903年11月11日) 辰,阅视东京府女子师范学校(小石川区竹早町),此校与府立第二高等女学校同地,并附属小学校,即前日观运动会之所也。女子师范学校,卒业限三年,服务限五年(课程表别录)。校长林吾一导观,其教室讲堂等,大致与师范学校同,唯自修室即为寄宿舍。因言:国俗皆以席地为便,男校自修室用几凳,寝室则仍席地,女校除教室一律用几凳外,自修时仍以席地为便,寄宿舍皆席地,故不再设自修室。室内可容十二人,瓶花低几,书卷森罗,清无纤翳,卧具别置一室,加扃钥焉。寄宿舍由女舍监掌之,参观者非特许不得入,立制綦严。观理化、教育、裁缝、国文、地理、历史、体操诸科,至割烹教室,炊具、刀砧皆备,有二灶,一为洋式馔,一为本国馔,此邦烹饪,不甚发明,然皆从教育而来,亦未可厚非。观各毕业生所作写生画数十幅,皆绢本,神采生动,瓯香馆不足多矣,习字无不悬肘,皆松雪笔意,娟秀宜人,此两端亦为吾国所不及,对之汗愧。阅作法教室,校长持用具相示,有茶盂、酒樽、刀箸、盘匜等物,内则子事父母、妇事舅姑遗意,何图于海外见之。此外浣濯室自行涤衣之所、理发室,为他处所无。盖师范生无不住校者。每星期距家近者,可一归省,余皆不得外出,故设备尤完全,葛覃不废浣濯,礼失求野,三叹不置。观高等女学校,大致如前日所观,野田言:师范生皆官费,校内一百七十余人,高等女学生皆自费,达四百余人。两校并立,教员教室及理化器械等,可以互用,经费尤省,且征自费者之授业料即学费之意,除用出外,尚有赢余,可以补助师范生经费,于此可悟办事周转之法。附属小学校,则男女并授,师范女学生亦实地授业为教生,其教导幼童,较男生尤善,又卒业高等女学校后,不必入讲习科,亦时有寻常小学校教员者,谓之准教员。我国师学久废,女学不兴,为童子师者，又皆因循苟且，窒聪塞明，呫哔坐荒，一何可叹。午后归寓，拟访井上哲次郎，电话询之不值。

二十四日(1903年11月12日) 辰，阅视高等师范学校(小石川区大塚洼町)。此校为文部省直辖，故府视学御园生金氏，今日不陪视，校长即嘉纳治五郎，曾游历吾国者也。校舍今岁甫竣工，共阅三年始成，构造尤备，高等师范之宗旨，以养成师范学校中学校之学校长及教员，兼研究普通教育之方法，学科分豫科、本科、研究科、专修科。本科为五学部，曰国语汉文部，曰英语部，曰地理历史部，曰数物化学部，曰博物学部(有细表别录)。专修科，曰修身教育专修科，曰英语专修科，曰地理历史专修科，曰物理化学专修科，曰国语汉文专修科，修身体操专修科。豫科限一年，本科限三年，其程度较师范学堂课程，更加精深。专修科限二年，其程度则为充师范学校中学校高等女学校之缺员，应其必要而置者。研究科限一年以上，此外又设选科，凡有师范学校、中学校、高等女学校教员之志望者，得选本科各学部中之一科目或数科目而学之，但无论选何科目，必须兼修教育学，其授课仍与本科生徒同在一部，学期亦限三年。先阅图书室，层楼三级，插架无隙，吾国书籍，亦大致全备，其条规则一仿帝国图书馆。次观讲堂，闳阔能容二千人。阅理化、博物、图书各特别教室，皆有标本室、准备室及生徒实验室，与教室相连属。动物室中，有全骨一具，各校皆纸造模型，此则真骨，细阅移时始去。历史地理室中，有石鼓文拓本高悬，为说概略，教员持图画二人皆唐代衣冠者相示，言此系唐时遣名僧及学生等一百二十人，往中国留学，共乘一船，此监督安倍仲麿也。至中国，食邑五百户，赐姓为吴，归国后仿唐制，定冠服形式等级，变法以前，皆沿旧制，因思日本名称习俗，沿唐宋时代者颇多，当时受学我国而来，此日取法欧西，学校如林，我国又复受学而去，学不限以方隅，不唯其名唯其实，灌输交换，匪只公例，抑亦优劣胜败之主要机关乎？校内教谕五十余人，皆一时名家，后藤牧太之理化学，那珂通世之东洋历史，桑原骘藏之东洋史教科书，元良勇次郎之伦理学,丘浅治郎之生理学动物学,皆经编辑处翻译,今为直隶师范学堂教科书者也。此校学生,皆笔受讲义,教员亦不专据一书,讲授时,皆详审精确,反复以尽其致。听汉文讲师宇野哲人,讲授左氏传及老子,学生皆极意体会。吴挚老谓此邦不复措意汉文,殆为中学以下而言。此外金工室、木工室、食堂、操场,皆周历一过,嘉纳赠小学校教授细目一册,因言此校附属之中学校、小学校,迟日可一往观。是日,野田义夫偕其妇来,亦高等女学校卒业生也。晚至本乡馆劝工场,百货杂陈,电灯照耀如昼。

二十五日(1903年11月13日) 辰,阅视女子高等师范学校(本乡区汤岛三丁目)。校长高岭秀夫谈片刻,其干事导观各处,先物理教室、化学教室、图画教室、博物教室,学生亦皆笔授讲义。至各标本室,大略与昨观之高等师范学校同,历史地理,亦皆有标本室,教员一人正翻阅各地图,为言凡教授地理,必须先本处,次远处,先本国,次邻国,由近及远,万不可忽。因指吾国图言其教授生徒之法,必先教近于日本国之某省,以次递及,其教授本国,则先由学校所在之地授起,亦以次递及,无论何处何学,皆是如此。次观裁缝、习字各教室,至寄宿舍,则层楼高敞,廊腰漫回,每室容十六人,各有寝台,栉比室中,卧具以白布外罩,尤为整洁,非复席地矣。自修室假大讲堂为之,容四百人,一色皆电灯,每二人据一案,有额书"言温气和",七十余岁老教授南摩纲纪所书也。理装室,通自来水管,洗头颒面,皆以冷水,导者言于卫生上有益,亦习惯耳。食堂可容数百人,长案条列,饭则四人一小蒸笼,热甚,菜则一炙一羹,人各为器,不杂羼也。壁上悬一食谱表,某日早食用某馔,中食、晚食用某馔,眉列甚详,询知是由学生公议,每星期一易焉。吾国学生多因吃饭喧闹,法之不善,抑又何尤?宜仿其意,照学生之饭资多寡,定为每人菜几盂,饭若干,由监督告厨役,凡照资可以办,应时可以备者,详具食谱或一月一具,或两月一具,每星期前一日,学生公酌若干品,条书而阄拈焉,拈阄之时,先写定一星期日数,每日又分早中晚,拈得某品,即行填注,不得挪移，以呈监督，监督受而交厨役，并揭示于食堂，除不精洁、不如数外，不得无故挑剔。每届食时，教习或监督一人到堂，观其烹饪不适者，及学生容止者，不按坐次者，哗者，踞者，笔记以呈校长，或亦息纷养德之一助乎？此校宗旨，为养成女子师范学校、师范学校女子部及高等女学校教员，兼研究普通教育及幼儿保育之方法，学科分文科、理科、技艺科，修业限四年（课程表别录），服务限五年，亦有专修科选科，与男校规制相同。本校生徒三百四十四人，合附属高等女学校、小学、幼稚园，共一千零三十一人。阅毕，至幼稚园，观群儿唱歌及游戏体操。操毕，教习以俗语演说史事，演说过半，即悬一图画示之，如二十四孝之类，群儿列坐，极为乐听。午后，赴观菊会，先日由宫内省具帖，其文曰：宫内大臣奉皇帝皇后两陛下之命，兹致敬意于某人贵下，来十三日于赤坂离宫御苑，开观菊会，招请云云。二时，由公使馆前往，地极幽雅，泉石清冽，树木蓊郁，红叶尤艳，菊类甚备，皆植于地，而覆以高幕。有一本一花者，高低一律，斜行而间栽之，一望无隙，而灿烂中别具疏落致，标名皆为贵品，施绣幔焉。有一本开至一千一百五十花者，其名赤城，色浅绛；有一本开至一千花者，其名金英，色黄。干之高低，花之层次，皆人工为之，而朵之大小，不相悬殊，则巧夺天工矣。日皇后亲临，随从者数十人，皆西装，行幄所在，凡檐幕栋柱，皆以小花五色菊饰之，团簇如锦绣，真菊世界矣。与吾国公使同班觐见，行握手礼，从西制也。树木掩映间，皆罗列几案，随意坐息，酒馔皆西式，军队以乐侑食，东西各国，自公使以下及本国官男妇不下千人。五时许，筵毕归。

二十六日(1903年11月14日)　辰，阅视东京盲哑学校（小石川区指谷町）。校长小西信八，此校专收盲人及聋哑者，亦直辖文部省。其余公立私立者，有白痴学校、感化院等，多为慈善所开设，皆以教育感觉机能之不具者，或精神作用之缺损者，令其得自立之道为宗旨。日本初设此校，在明治八年，与教会合办，后乃独立，大概取法德美各国之制而变通之，有凸字法、读话法、表样语等。其教盲者，初亦用汉和文作凸字,教之用指端辨点画,以触觉代视觉,久而知其不简便,乃舍通常之字形,而以五十音字母,分配为各种圆点,缀合之以代字教英文亦如之,其书皆用厚纸,以印刷器械印为凸点,以手代目而读之。地图各种,亦皆凸起而可扪读,法乃盛行。其学科分寻常科、技艺科。盲者寻常科,为国语、算术、讲谈、体操;哑者寻常科,为读方、习字、作文、算术、笔谈、体操;盲者技艺科,为音乐、针治、按摩;哑者技艺科,为图画、雕刻、指物、裁缝(有细表别录)。总使国无弃才,人皆自立,直可弥补造化之缺陷。先观教聋哑生法,教员以口之摄齐,唇之翕辟,示字之读法,不必有声,而缓缓教之,皆能识其字,复以手作表样语,指示其意,久之文义自通,程度稍高者,能笔谈。至图画室,观女生数人,据案作画,神致静逸,不觉其为聋哑也。画皆设色工笔,亦有写意画,导观者云,将以寄美国博览会者。至针治处,观盲者针治病人,以手按穴,不爽毫发,针入亦极合分寸。至音乐室,聆其所奏,沨沨可听,非复俗响。有草书长幅,云是盲生所书,印章镌"不知姣者"四字,趣甚,笔势飞动有法,恐不盲者亦未必及也。小西云:盲者作字无甚用,今废此科矣。观哑者所作嵌木各画,有墨竹一幅,鸟一,蜘蛛并网一,看似浓淡墨画,实则以黑木之深浅者嵌成,尤妙者,一笔之中,墨有浓淡,亦以其木色之有浓淡者配合之,神乎技矣!至雕刻、裁缝各室,则皆普通用物,自食其力,尚有余也。其余标本室、寄宿舍、食室、浴室等,设备甚全。校中有盲者戴眼镜与人言,亦作俯仰周旋之状,哑者亦修洁,不似痴聋。小西云:在校数年,生徒不能一语者,久之,颇亦能言。因令盲生二人来,以予名刺及翻译名刺,按其作点字法,分令扪读,一字不误;又令女生聋者二人来,教员翕辟其唇,寂无声,而学生已知予姓字,以和文译汉音口答,据云,此二生皆不能言者,近则颇能发音,陶淑之功,不仅医治之力也。小西取纸册,倩予留题,为作十二字,渠喜甚,因言:中国此学未兴,残废之人更无生路,闻烟台有欧西人,收养盲哑者教之,但教会所立,与本国无影响,不宜诿而不顾,让之外人云云。又言:若仿点字法制字,亦殊不难。予因言：中国现亦有议作省笔字法者，无非欲令人皆识字，但其识认虽易，而按之通行所用字，仍与一字不识无异，予归国后，将仿其法，作点字，专为教授盲者之用，字既省略，记认亦易。渠言：倘有所询，皆当忠告，如字可成，盲者明矣，当寄我一睹为快。呜呼，我国实学未兴，不盲不哑之人，尚皆在聪明未启时代，安得尽人热心，如小西校长者，一为发蒙启聩乎哉？

二十七日(1903年11月15日)　星期。各学停课。辰，赴高等师范附属之中学校，观运动会，此校与女子高等师范，仅一篱之隔，有至圣先师殿，并设博物教育馆，凡关于教育用品者皆备，以便参观。天津严范孙前辈子严智崇留学此校。至来宾席坐片时，观计算竞走、徒竞走等。昨日观大学堂运动会，有曰棒飞者，立二标竿，高约二寻有半，上浮置一横线，一人拄棒，飞越而过，线不少动。吾国军队，尚有习此者，至体操一端，学人则以为不屑，实则体质脆薄，日即颓惰，于力行一训，多所愧缺。三达德为入道之基，曰知(知育)、曰仁(德育)、曰勇(体育)。中西言教育者，殆如一贯。世界发明，日有进步，彼早力求实际，吾仍掉弄虚机，名曰守旧，而旧法荡然，侈号维新，而新机未蘖，《大学》言明德新民，《中庸》言至诚动物，试思日新之说，仅作口头禅乎，抑将推而见诸实事也？能尽物之性，则能赞天地之化育，仅大言欺人乎，抑将有所发明而至于位育也？物之大别，不外动植矿化，此外无物也。自汽力电学之发明，往返二十日之程者，不二日而归焉；音问数千里而不通者，一时间而达焉；竭数十百健夫而不举之物，穷数月组织而不成之工，一二人移转之而有余，一二时操纵之而已就。此不必巧算为之比例，而用材之多寡，人力之劳逸，时日之迟速，必有能辨之者。故曰可以赞天地之化育，故曰思诚者人之道也，而其原实在注重体育，绝无畏难苟安、萎尔不振之习，古人运甓起舞，岂好劳哉？嘉纳治五郎年近五十，其学校内角抵之术，尚躬自入场，年少者或不能敌，穷年矻矻，不以为劳。知伛偻罢懦之不足有为，而贞固足以干事，非空言也。午后，赴中华园吾国留学者欢迎之会。

晚至弘文学院。

二十八日(1903年11月16日)　辰。阅视东京高等工业学校(浅草区),校长赴美国散路易博览会,代理者未通名刺,颇言工业之学,增助文明,振兴国势,与国家极有关系,不第制造百货,为裕财富国起见,颇劝吾国振兴工业,开办学堂,须先从平实处着手,以渐发达。其词微,其意深。此校教科分染织科、窑业科、应用化学科、机械科、电气科、工业图案科、建筑科,其目有七,各为专门,三年毕业,科目之外,若伦理学、数学、物理学、化学、一般应用化学、应用机械学、图画、机械制图、物理学实验、化学分析、工业经济、工业卫生、工业簿记、工场建筑、英语体操等,称曰共通学科,无论某科生徒,于三学年间,配当其时间而课之,以为各修专门教科之基础(有细表别录)。先观制图室,各生画图,皆先摹实形,以为练习,又有撮影写真,作石版等事。盖无论何项工业,非图不能明显,故图为最要。次观定性分析室,次观应用化学科工场,有吾国学生一人,学作石碱即洋胰。次观机织分科工场,如纺纱、织布、取丝、起毛、研光、展宽、浆洗等各机器,皆用蒸汽力。次观捺染工场、色染分科工场,此五处皆有教员率学生实修,一一为予详说。次观窑业科工场、水簸场等,则学造各种陶磁器者。次观电气机械分科场,次观锻冶室及机械科铸造室,此为最要,周回数十室,苦不能详,但每室所作各工,各有教员指授,学生自行实修。次观成绩品陈列所,窥豹一斑,已无异众山一览。盖不第拘守成规,而主要在发明进步也。各生入学之资格,凡毕业于中学程度之工业学校,及毕业于中学校者,由本校试验合格,自行认定。专修某科,但既入此科之生徒,不得再转学彼科,以防心志不专。此外有选科生、听讲生入学以后,专学此科而愿傍听各科之讲义者及专攻生毕业后仍欲研究者共四百五十一人。此校附设工业教员养成所,及附属职工徒弟学校,及工业补习学校、职工徒弟学校生徒,以年龄满十二年以上、十六年以下、毕业于寻常小学者入之,大抵皆平民有志于工艺者,分金工科、木工科,皆有工场,为现业之练习。吾国设立工学,当以此为始基，毕业速而收效易，徒事铺张，庸有当乎？

二十九日(1903年11月17日) 阅视东京高等商业学校(神田区)。校长松畸藏之助，导周历各教场教室此名教场。此校宗旨，为施商业上必要之高等教育，有豫科一年、本科三年，又设专攻科二年，卒业专攻科者，可得商业学士之号。附设商业教员养成所(各课程表别录)，其教授要旨、学科细目极详晰，暇时当译录别纸。吾国商部初立，方议开办商学，今细察此校制度，非为教经商之人起见，实为教商业竞争、商务保护之人起见，凡卒业优等者，若外洋领事署、本国税关银行会社等，皆任事焉。吾国留学此校者五人，王宰善、陆世棻毕业回国，已留为司中随办人员，似亦用违其长。窃思商部既开商学，仍宜多选派熟习英日文者留学此校，再游历各埠，熟察情形，回国办事，取径较速。此校于吾国语及英、法、德、俄、意大利、西班牙、朝鲜各语，皆有教习，吾国人张廷彦在此为教师，为言非通各国语言文字，于商业上必不能进步，自是通论，观毕，至商品陈列所，楼上下共分四部，一工艺品，二农产及水产，三矿业品，四铁器机械及建筑材料，为类二十有四，几为无所不备。吾国制作各品，则别置楼下一室，磁漆器及织物为多，然尚不及百分之一耳。其陈列之意，凡品质之良否，产地之异同，采集及制造之次序价额等，皆鉴定而识别焉。此校距高等师范附属之小学校为近，并往阅视，校分三部(课程表别录)，第一部学生极整齐，其学科为寻常四年，高等二年，即入中学校，第二部寻常四年，高等四年，两部课程，与各校大同小异，而编制有法，教员皆高等师范卒业生，教法尤善，实足为各校之模范，每日东京内外公私所立小学校教员来参观者，踵相接也。观第一部寻常一年生修身，二年生算学，高等一年生英语，二年生国语，第二部寻常二年生国语，高等一二年生地理一年二年生在一教室而别其坐次，三四年生理科，细观其教授法，颇有他校所不及者。此外手工室、讲堂兼唱歌教室。屋内体场，皆阅视一过，时诸生正体操，高等者男女分别，亦极应注意也。此校主事小泉又一凡附属之学校，不称校长而称主事、教员佐佐木吉三郎、棚桥源太郎，皆来面话。佐佐木为讲国语教授法，井井有条理，拟倩其作一表携归，以资参考。午四钟后，至公使署。

三十日(1903年11月18日)　微雨。辰，阅视美术学校(上野公园内)，校长正木直彦，剧谈甚畅，出吾国陕西三原县昭庆寺石佛撮影示予，并言国家设立此校之意，在精益求精，更无止境。且各种美术，发明不易，若不设学教授，并恐年久失传，故凡图画雕刻精美各术，不惮十分考求珍护，大抵借东西洋已经发明之术，而益穷之以致其极，不第为工业商业上起见，实以继往开来，助文明之进步。其修业为预备一年，各科四年，其学科曰绘画，曰图按，曰雕刻，曰建筑，曰美术工艺之诸科内分雕金、锻金、铸金、漆工各分科，亦设研究科及选科(各课程列录)。先观绘画科之日本画写生法教室，凡花草禽鱼等，皆以生者为画谱，务求其肖。次观西洋画科教室，世所称油画也，尤重起稿，名曰木炭画，另为一室以木为炭而写形于纸，误者则以面包或海绵拭之，中国古法也，凡绘画共十余室，无不殚思研虑，至以生人为模型而写之，全身毕现，以为非此不肖，佣此等人之值，每一小时二元云。次观图按科，凡制成之物，与将制之物，皆详图之，一则留制成者之形模，一则备制造时之对照，亦七八室。次观塑造室，其初学者以雕成塑成之物为模型，其艺稍进者，亦以生人为模型，其余雕刻木石铸金漆工等室，皆有成绩品，灿然可观，而皆基于图画，日本工艺之发明，不得谓非此校力也。铸金室造铜狮二，神采生动，仿动物园真形，与世所传迥异。午后，阅视音乐学校，亦在上野公园，校长大岛义修，即接渡边龙圣之任者也。校分三部，为声乐部、器乐部、乐歌部，其修业为豫科一年，本科三年，研究科二年，别置师范科，为养成师范学校、中学校、高等女学校及小学校之音乐教员而设(各课程表别录)。此邦各校，无不有唱歌一科，所以激发忠爱，涵养德性，深得古人乐学之意，声音之道，与政通矣。用器皆洋琴及风琴，旧器之存者，为筝耳如琴式，十四弦，洋琴之大者，值数千元，亦皆购自欧西。予以中音为鼓一曲，大岛称许之，颇言吾国各学，亦急宜设此科，正可与渡边考订切一。并言本校曲调，多用西谱，而歌词则本国自作，教师用俄法德美人各一，余皆本国人。是日正值合班演习，在奏乐堂即大讲堂，沉雄慷慨，万马嘶风，则军乐也；小鸟对鸣，奇花自丽，则联弹也；海山苍苍，刺船竟去，则别歌也，听之忘倦。奏毕，各教室及自习室，周览一过而归。

十月初一日(1903年11月19日) 辰，阅视第一高等学校(本乡区)，校长狩野亨吉，理学士文学士也。此校为教授专门学科而设，亦即为入大学之豫科，但卒业中学校学生，除入各种高等专门学校外如高等工商医各学校，凡入此校者，皆以大学豫科为志，不仅志在专门学科，故现行者，实即大学豫科之规程吾国各省之大学堂，亟应仿照此等规制。学科共分三部，第一部为志在入法科大学、文科大学者而设，第二部为志在入工科大学、理科大学、理工科大学及农科大学者而设，第三部为志在入医科大学者而设(课程表别录)。修业年限，各部皆为三年，其入学之试验有二，一为豫备试验，就未卒业中学校而欲入高等学校者行之，一为选拔试验，就既卒业中学校及豫备试验合格者行之，其教授皆大学卒业，得博士学士号者，惟外国语、西洋史，仍用英、法、德各国人，程度愈高，考察愈宜详尽，而记忆愈难。是日，观理科一部分，各教室授课情形，并标本器械室、图书室，及体操之兵队训练，余仅周历一过。其寄宿舍，共分五寮，舍监掌之，约一室容十人，可共容八百人，现在学生达千人，在寄宿舍者七百余人，其余皆宿外舍，食堂长数丈，案长丈许，栉比而列之，清洁绝尘，馔一盂而已。至光学暗室，闻有教师新作透光镜，特索观之，与我国汉镜之透光者无异，询其所以然之理，校长所言，亦只大概，教员数藤氏能详言之，惜正在授课，不能一询颠末。此镜之制，近四五年间，德意志人始发明之，日本亦甫能仿造，我国二千年前，即已有专家，制作精绝，自汉以后，竟失其传，至不能言其理，一物之微，尚让人独步，为可愧耳。先日，外部省函请观华族女学校运动会，午后，前往此校，专为教华族女子设者，士族平民之女子，亦准入学。其学科为初等小学、高等小学、初等中学、高等中学,自年龄满六年为始,至十八岁为限,经费皆出自国库。是日,皇女常宫、周宫皆来莅观,所习与前所阅高等女学校运动会大同小异,而皇族贵胄之女,不第讲求实学,且视体育为重,各竞所长,尤属幸见。晚赴嘉纳治五郎之招。

初二日(1903年11月20日)　辰,阅视东京帝国大学(本乡区)。日本大学凡二,一在东京,一在西京,此行视察学校,自幼稚园而寻常小学、高等小学、中学、高等学、大学,以次递进,至此颇有望洋之叹。大学之设,以应国家之须要,教授学术技艺,且攻究其蕴奥为宗旨,其别有六,曰法科大学、医科大学、工科大学、文科大学、理科大学、农科大学,修业年限皆为三年,卒业后,可得学士称号。又有大学院,则研究精蕴,其在学之期为五年,全学有大学总长,又有分科大学长,即统理各分科之学务,各分科置讲座,教授担任之(学科类别及讲座数目别录)。大学总区之中,分为五区法、医、文、理、工,至农科大学则在府下驹场,以必须与验试场近也。一区之构造,半日周历之而不能尽。是日先至事务室各科皆有之,遂观法科大学各讲座,教授皆自作讲义,学生笔受之。每一室可容三百人,学生座次,有以渐而高者如各校之理化教室,有平列者,大抵皆环讲座而坐,讲台之上有木板作卷棚,以故教者所发之音,不外散而远射,学生所坐,无论高低远近,皆得闻之。次至文科大学,历十余室,遂至图书馆,周览一切,有史科编辑处,凡关于本国之古物旧闻,皆撮影存储,以备参考,有写真册数百品,择其极要者观之,凡千年前写经卷子及古画皆备焉,三百年前所绘地图,其帆船交通之航路,恍惚可辨,若寒带热带各地,则皆注此国是否有人未定云云。自汽船发明,遂至视万里若庭户,亦百年间事耳。午后,阅视医科大学,并附设之病院,此邦医学,纯用西法,通国中主旧法者,一人而已。至眼科病室,多主割挑,其针盲之法,则巧于吾法之金针拨睛,教授出纸造眼球模型示予,予因询下睑细孔之构造功用,则模型之所不详也。移时,持一玻罐来,内装人面之半,教授取出,以长针自细孔穿入,而出于鼻孔,言此名泪腺,与眶内泪囊相连,而通鼻孔，故凡饮泣者，其泪出于鼻云云。又出真睛，及初生小儿睛，皆半切，而浸酒精内，此种标本，非海外不得见。至皮肤病室，凡创诊、霉毒、癣疥等疾，皆以蜡作人形，而详肖其病状，有所谓毛病者，其创为细粒状，内皆生一毛，予因询此病，是否亦属虫患？答言：凡癣疥等病多虫，此非虫也。病室分一二三等，皆有看护妇为之服役，不能行者，则以藤床有小轮者，推之而行，病室大抵皆在楼上，清洁高爽，较他处尤胜。至外科室，则医伤科处也，一切器械皆备，分大手术、小手术。有消毒室，导观者言伤科以消毒为最要。至各实验室，观试验动脉机器，置烟煤纸于上，有细针指之，以手腕置机上，凡脉搏之迟速，皆画于煤纸。纸上有度数，知大小迟数焉。又有实验动物器、人工呼吸器，导者一一详说，历十余室而至解剖教室，正值解剖一人，导者云：此系特别解剖，凡在病院医而不愈，本人遗言物故后愿剖视者，则为之。因得遍观皮肤之组织、脏腑之位置构造各形状，与近世生理学书所图为详。室内有自来水，涓涓流出，无他气味，一人手剖而口述，一人笔记，学生数十人环而观之，日本俗尚佛法，至今多用火葬，舍身医院，尚存标本，固无嫌耳。理科、工科两大学，亦一周历，野田言：授课程度，自较昨阅视之高等学校为更进，尤以发明新理，力求实用为重。此时参观学制，但得其主要可也，综计各大学科毕业生，自明治九年至三十五年九月，共四千九百八十八人，今在学之学生生徒等，共三千五百二十二人。

初三日(1903年11月21日) 辰，至文部省，晤总务局长冈田良平、实业局长真野文二，及文书课长松村氏，导观各处。文部官制，大臣以下，设总务局，局有长，局分六课，曰人事课、文书课、会计课、图书课、建筑课及学校卫生课，课皆有长，课分为挂，人事课挂二，曰职员挂、庶务挂；文书课挂四，曰庶务挂、往复挂、纪录挂、报告挂；会计课挂四，曰出纳挂、用度挂、监查挂、教员恩给挂；图书课挂二，曰庶务挂、检定挂；建筑课挂二，曰设计挂、庶务挂；学校卫生课挂二，曰庶务挂、统计挂，挂亦有长，长以下，名为属。总务局以外置三局，曰专门学务局、普通学务局、实业学务局,专门分二课,普通分三课,实业分二课。局长之下,置课长,课之下则不复置挂,但属而已。局课各长外,有专任参事官四人,专任书记官三人,专任视学官五人,专任图书审查官三人,专任技师四人,专任技手十人,学校卫生主事一人,全部之称属者六十五人。又有学校卫生顾问,及学校卫生顾问会议干事等(省章甚详,别译录之)。观其办事之现状,无非遵守规程,勤于趋公,所难得者,自长官以及其属,皆大学卒业得博士学士号者,凡学事之纤悉曲折,无不洞然了然,故决议一事,不繁而解,不劳而理,或事多而员仍少,则暂雇之,亦皆大学毕业之学士也。每课长室,置考勤簿一册,人占一幅,为格三十,或三十一,如其月之日数,凡到部办事者,以某钟点为限,到者即自将其姓名小印,印于格内,如某人逾二刻不到,则课长用墨印,印迟到二字于不到者之格内,而扃其簿。午后某刻散值,即将办而未了之事,交当值之人看守而已办事之时刻,冬夏不一,大约夏以辰八钟、晚三钟,冬以辰九钟、晚四钟为限,暑假皆轮流赐暇,星期皆休息。课长室与各挂室,皆相连接,各挂则同在一室,而别其坐次,局长室又多与课长室相连,每办一事,无通谒延待之劳,有会商集思之益,以故人无偷闲,事无隔阂。松村导观毕,已午后二时许矣,此外有高等教育会议等事,如司中所设之研究所,备载类抄中,不复覼缕。

初四日(1903年11月22日) 星期,未出。综观各学校形式之事,无非日渐改良,期于合乎程度,至所谓教育精神者,其主要可得而言。寻常小学、高等小学以启发知能为宗旨,实则首以忠君爱国之意,确切印入于儿童脑中者,则唱歌一科为第一注意之所在,而以国语为统一之用具;次则使知对家族之关系,对会社之义务,明公德,合公理,则修身伦理科是也;知世界之现状,明古今之大势,皆以现在国家关系为之的,而以力求优胜为之矢,则历史地理科是也;至若算学、理科、图画、手工、习字,无空谈,无泛骛,要皆日用必备之普通知能而已。中学以上,则以实业为主要,农工商皆发达国力之具,而纯以切实练习其业为主，明其理即作其事，无空言也。高等学校以及大学，凡法理工医等科，进而益上，研而益精，备国任用者在此，发明新理者亦在此，至体操一科，则自幼稚以及大学，尤汲汲而不一懈，是唱歌为教育之心，而体操为教育之骨矣。故自其脉络言之，实为全体贯通，自其等级言之，小学为国民教育普及之程度，无贵贱贤愚，悉令受学，皆民生日用所必需，无容或缺者也，此教育之阶段一；中学以及实业，则为养成能胜职业者之程度，学求有用，即知即能也，此教育之阶段一；高等以至大学，则为养成主持政法、指挥职务、发明理要者之程度，学无止境，人材不可胜用也，此教育之阶段又一。三者互为联属，亦各成阶段，而以师范教育纬络乎其间，文部省提挈于其上，教育会研究评议于其际者，无非此精神耳。略记所得，当再就此邦名教育家证之。

初五日(1903 年 11 月 23 日)　日本新尝节，新稻成熟，是日荐新，各校皆停课，登高一览，万家烟户，悉悬国旗。午后，弘文学院诸生偕来，二时，至上野公园，观西乡隆盛像，为手牵一犬状。拟往观美术馆，不果，因遍览各劝工场陈列所，散步至不忍池，亦德川旧邸也。枫叶初红，水天一碧，颇忆大明湖上，残荷疏柳，掩映清波，此身不复在东瀛三岛间矣。

初六日(1903 年 11 月 24 日)　函致外务省，约期视察各处。辰间，野田学士夫妇至寓，遂赴中黑馆撮影，午餐于中华园。晚至弘文外塾，观学生自修室，尚未炽炭，地僻风寒，似于卫生有碍。日内翻译甫定宫岛吉敏，为宫岛大八之弟，开学以来，皆贺生培桐代办也。日本维新之际，留学欧美者，相望于途，至今犹年年派遣，凡留学者，皆通英美语言文字，故无隔阂之苦。吾国为急需师才，不得不变通为之，来学诸生，不通日语，必须译达，而能胜翻译之任者，殊难其选，盖翻译必稍通各种学科，方能词达其意，吾国留学日本千余人中，有普通学而能熟稔日语者，正在励志修业，必不能弃彼就此，其自愿就此者，学又未必普通，以故辗转咨询，只可暂觅日人试办。窃思直隶现设之东文学堂,学生半系幼年,若依照日本高等小学程度,改定课程,毕业后派遣来东,无论中学校师范学校皆可就学,既省翻译之劳,自无扞格之弊,似觉事半功倍耳。

初七日(1903年11月25日)　辰,至外务省,晤岩村成允,以电话致各处约定时间,前往阅视。午至公使署,一时后,诣西谷农事试验场,凡土壤、种植、肥料、虫类、霉菌等,皆详加考验,析极毫芒,所储标本及试验器械尤备。凡有改良之法,预防之策,皆编为浅近说略,分布通国,以故遐迩为农业者,皆日有进步。自国家设立此场以来,年中所费,殊为不赀,然统而计之,全国所得利益之数,实数十倍于本场所耗之数。日本农业,稻为大宗,自试验发明,收获日益,余若果实、烟草、茗茶等类,及关于农业制造者如甜菜作糖、芸苔榨油、小麦作酒之类亦逐渐精进。总之,凡作一事,必穷究理极,反复求之,不汲汲于贪目前之小效,乃能收普及之大利耳。此场不归农科大学,然种植考察一切,亦皆学生实习之。与蚕业讲习所毗连,导观者复引至彼处,吾国蚕茧百十种,及各国蚕茧百十种,皆罗列一室,详注产地。山东之椿茧、槲茧,吾乡处处有之,而放饲之法不良,其丝亦劣,今观此种所作茧,所缫丝,皆颇精良,吾滋恧焉。至缫丝所,则女学生数百人,服一色洁布衣,各习其业,缫丝机器,各国皆备,用以试验良楛利钝,其动转皆借蒸汽力,其汤镬皆用自来水,缫出之丝,光泽绝伦。有一器铭曰:"纤纤之丝,国之富源。"又一器铭曰:"意正心正,则丝亦正。"寓学理焉。至标本室,凡蚕蛾、蚕子、眠蚕、病蚕,皆详示其状。目之所不能见者,其模型乃放大至数百倍或千倍。至养蚕室,观其养温通气之法,以寒暑表为之准。日本蚕多二化三化一年数熟者,故考验尤详。予因询杀蛹之法,日曝水蒸,似皆有妨于丝。导者言,茧内含有水分,故蛹得不死,若撤出其水分十之五,则蛹干而蛾不出,撤出之法,亦只蒸晒两端,但有定衡,自可无伤,此中细微,实验者自能辨之。阅毕,周历桑林,有吾国湖桑,其削枝留枝,亦颇用吾法也。晚,野田义夫招饮于其家,出所著书数种为赠。

初八日(1903年11月26日) 辰,阅视警视厅(曲町区八重洲町)。日本警务,本学欧西,而今乃过之,消防尤极注意。警视署凡在东京者十五处,皆通电报,其要事皆有符号,不复译文,以省时刻,如某处有火警,瞬息一律皆知,不五分钟,而消防队可出,呼吸便捷,耳目灵通,凡户籍、道路、风化、卫生、捕盗等,皆警察责也。午后,阅视东京裁判所(日比谷),宏阔深邃,楼室旁通,观刑事裁判及民事裁判公堂,有上坐者五人,冠判官冠者三,为裁判官,其两傍为参事书记等员。阶下置木栅,高约人身之大半,有罪者立其中,栅约容十许人,犯者欲有所言,皆立而关白,无匍匐枷锁之事。栅外置长案,与堂上对坐者,则辩护士也,辩护士冠服亦有定制,两造皆延辩护士,各为剖析,其言滔滔不绝,向堂上发言时则起立。辩护士之左,则新闻记者,执笔而坐,每日所判之事,报馆皆登之于报。此外复限以二尺余高之栅,一律长椅,可坐数百人,皆民人来观听者也,寂然无哗,然室内警兵一人,佩刀侍立而已。予因询如两造各执一词,又皆有辩护士剖说,将如何判断?答言:无论何案,悉以得其确实凭据为主,裁判者据法律以定谳,辩护者亦据法律以辩析,无刑求,无屈服,自然廉得其情。倘经地方裁判所判断而心不服者,则来东京诉于控诉院,控诉院录其词,以至东京裁判所,倘再经判断而仍不服者,则控于大审院,凡裁判定谳后,应释应禁,司法省行之。裁判者但有判断权,而无行法权,盖其慎也。是日所讯者,一为官吏受贿事,一为假冒商标事,民知法律,犯者日少,刑可措矣。晚,赴富士见轩贵族院议员伊泽修二之招,座皆名教育家,吴生振麟为通译,因以所得者遍咨询之,渠颇惊叹。

初九日(1903年11月27日) 辰,阅视成城学校(牛込区)。吾国学陆军者皆在此。现复分设振武学校,主事者言:本校教中国陆军学生,纯以激发忠义,并学识技能为主,凡一切革命平权等谬说,断不容令学生闻之,即各报之语失其当者,亦严禁阅看,国家教练军人,所以为国家致用也,若误入歧路,不唯无益,转有妨害于国家。本校所用教科书,皆为中国现行编纂,以期合程度而得实用,区区之意,可对友邦云云,言极肫挚,而谈锋颇利,因观各教室及标本室等,大致与文学校相埒。雨甚,不能观各操式,因至振武学校,吾国学生八十余人,分为数班教之,食室寝室,清洁有法度,学监得人,故事多就绪,较吾师范班之在弘文者,苦乐殊途各校皆称教室,此独称讲堂,或亦徇吾国之旧称,然不如仍称教室也。夜中,大风雨。

初十日(1903年11月28日) 侵晓,放晴,阅视东京监狱(巢鸭村在东京外),其周回可抵一城之大,墙不甚高,隙地颇多,正中楼房四出,其下为犯人寝所,列屋间居,可容十人,卧具皆赭色,位置整齐,扫除极洁,皆犯者自理之。室以铁为门,门两傍柱以长石,无虞火灾及逃逸,而空气流通,不至郁闷。室内有书,有自来水,有电灯,我学堂之所无也。白日(在皆)[皆在]工场作工,至晚归寝,点验而入之,点验不呼名,但呼所编之字号,以养其耻心,其字号皆钉衣上。楼上为讲堂,每暇日,聚诸犯席地坐,为演说修身大义,感悟颇捷,主讲座者四人,皆老僧云。又有教授少年犯之所,楼上下皆十字相通,一人立于中,四周皆见,各总门及各工场门,皆有巡兵数人看视,巡兵皆从学校中出,佩刀鹄立,奉公守法,无威喝凌虐等情事,令人忘狱吏之尊也。犯者皆赭衣,其极轻者为蓝色衣,不过三月,便在释放之列。周历各工场,观所作之工,色色俱备,金者、木者、竹者、雨具者、莛绳者、编草者,各就各室各人之位次,无一紊乱,其犯之极轻者,端坐成行,俯而捡囷底土中之菽麦焉。见守狱官,皆俯首致敬。室外隙地,广种果实蔬菜。守狱官云:在此者八百余人,食之不尽,其所作之工,售出皆归公用,复代蓄积其羡余,俟年满出狱时给之,以免饿莩,其在监年限之多寡,大抵视所犯之轻重,而作工之轻重亦视之。此邦变法以来,无斩刑,除法所不宥应行立决者用绞刑或枪毙外,余则重罪为永远在监,次亦递有等差。若在监偷惰不作工,及复犯不逞,则视其过之轻重,而减其食之十分之几,置之惩戒所,令其向外跪坐,自一日以至三日,以思其过,屡犯不悛,则食亦屡减,以故凛凛无敢再犯者。观炊事场，亦皆犯人料理之，大釜如屋，米麦相杂为炊，香洁异常。炊熟，分置蒸笼内，有热气管通蒸气，以免寒冷。刻木为筒，由大而小，以次递减，即减食者之比例器也。另有圆木片上镌号数，置之筒底，加饭而合于碗内，筒脱而字印饭上，以示某号之人所应食，免争端而防增减也。观养病院，药品甚备，凡病之易传染者，分别置之，不与他病者同室，其余轻浅之疾，每日食后，皆集一室，端坐静默，听老僧说法，得大解脱，或由医者演说致疾之由，及卫生之理，乃至忘其所苦。予来东瀛时，正值有朝旨，各省设军流工艺所，因从典狱官索其详细规程，他日归国，当译录以备择用。典狱官请留题额，以作纪念，为书"宣慈惠和"四字，既而求书者坌集，皆此中官吏，挥洒尽十余纸，托词乃免。午后二钟，归，阅视东京印刷局（曲町区大手町），规模极大，其印刷刻图、写真、电镀版、印官报、抄纸情形，张巽之前辈所记与得能局长问答，亦既详尽，今一一目睹之，颇叹增进文明，印刷之功大矣。调查课皆女子为之，其余亦有女工，一色布衣，弥望如雪。晚食后，天气晴朗无云，偕野田至天文台，地势颇高旷，台长清谈娓娓，出天文写真各图相示，因至大远镜下，观土星光环，朗朗可辨。次观木星，在镜中窥之，宛如一月，其四卫星，仅见其三，其一为木星所遮，不得见，木星横亘之带，亦隐约能辨之。次观各星团，攒簇辐辏，次观参星偏右下之星云，明暗相间，宛如云气。野田言：星云之说，今尚未衷一是，大抵主德人某氏说。予询近年日本某博士新发见一小行星，名东京者，应在某度？因时已晚，不可得见，因纵言一恒星为一太阳之说，观五车星，其光熊然。次观北极星，星下偏右有一小星，以远镜视之，仅可见，以目视皆无睹也。次观月中溪谷，向日背日处，火山喷口，皆圆状，有一大山喷口，予以富士山目之，台长及学生皆笑。秉烛遍观写真器及测度各器。夜漏尽数十刻，始归。

十一日（1903年11月29日）　星期，未出。留学诸生来。午后，至文部省外务省及公使署辞行，皆未遇。归途阅觉九段坂劝工场，此邦工艺制造，已极发明，其原亦因贫寒之家，资以养生，不得不力求精进。我国地大物博,若上下实心实力,提倡奖励,不数年间,外溢之利权,不难一旦恢复,亡羊补牢,未足为晚,若徒事搜求,不揣其本,因循敷衍,但骛其名,数十年来之(已事)[事已]可睹矣。晚至小石川区第六天町伊泽修二家晤谈。伊泽询我现在兴办学务之宗旨,予因言以小学教育之普及为主,而以急兴实业教育为辅,等而上之,请得更仆。世竞称新学旧学,东学西学,入主出奴,纷不可理,区区之意,无论新旧东西,但以切于实用之学为先。现在一国之学,既不足胜世界之竞争,当合世界之学,镕于一炉,打成一片,浑东西新旧之名称,追切于实用之精神,不以方隅限,不以时代限,其始也,权其轻重缓急而翕收之,久而久之,自成本国唯一无二之实学。如贵邦初用欧化主义,继复倡保存国粹主义,时会所关,始亦不能无所偏重。我国旧日之词章考据,既不切于实用,近世之人心风俗,又日即于浇漓,若波流靡极,无真精神主持其间,纵令内则学校林立,外则船坚炮利,如无等耳。故我国近日情势,当取贵邦所谓欧化及保存两派,合而铸之,其体则我国四千年相传之伦理也,其用则东西各国发明之科学也,要之皆切于实用者也。世界竞争,优胜劣败,前古战以身,近世战以心,前古战以兵,近世战以脑,区区学力太浅,恨不能副其所期,愿举一得,与贵邦研究教育者共质之。伊泽颇韪予言。

十二日(1903年11月30日)　阅视兵工厂(小石川区)。先日,参谋本部函达派陆军大尉井上一次陪视,当以电话答复。是日,并翻译日员一人偕来,历观铸造各机厂,厂外皆有标本陈列,自初作以至成器,历历可数,如枪内机簧,必经八十余次而工始成。统一枪各件计之,应经数十百次之工,此厂每日可成快枪五百具,则机力之为用大矣。而人匠尚在三千人左右,女工尚在七百人左右,人非机不能作工,机非人亦不能成器也。每厂所作,皆系一部分,至仕上场犹言完全,而全功告成。余凡子弹铜壳以至装药作成笔码,皆有机器,一一试验,微有不合,则悉捡弃,尤为精审。演习所用之笔码,皆装药而以纸为子弹,大抵检查装药等事,皆女工为之,其精细尤胜男工也。北洋定造快枪，正在赶制，井上持以示我，言一一所造皆是，子弹之大小，与本国毫无厘差云。我国枪式不一，即同一枪式，而各厂所造子弹，尤多枘凿，贻误剧大。此邦为我国造者，乃与其本国一律吻合，用意(仰)[抑]何深远耶？自午后一时周览是厂，不停步者，历四时之久，河流四达，铁轨交午，平均计之，约行五十里程。井上言：视察过劳，厂长已备茶座于后乐园，可一休憩。后乐园者，亦德川氏故邸，明人朱舜水所为营构者也，工厂即其故址所拓。园依山傍水，梅林蕉圃，坐落十余处，足资胜览，有伯夷叔齐庙，及仿西湖等处风景，炮火纷纭际得此，顿如置身世外。井上武职而颇文雅，索予留题，因书条幅二十八字赠之。

十三日(1903 年 12 月 1 日) 辰，野田、梁孟同来，导观市廛，购繻子各种。午后，冒雨至弘文，访嘉纳不遇，遂辞行。晚，赴野田许便餐，饮馔故作中式，知主馈者之聪明也。座有吴挚老赠诗长(辐)[幅]，因次其韵，为野田书扇。夜雨淙淙，漏下数十刻，罢酒，主客相对，有恻恻惜别色矣。

十四日(1903 年 12 月 2 日) 辰，至新桥停车场，弘文学生警务学生次第至。野田诸君亦来送别。七时五十分开车，途中穿山十余次，如入黑暗世界，车有电灯，稍稍光明也。远望富士山，高矗天半，积雪皑皑，峭拔如倒悬素扇，沿途山光水色中，橘子初黄，稻孙犹绿，风景绝佳。午后八时，至西京，本欲稍停，作一二日游览，酣眠而过，十钟至大坂，仍寓川口元庆昌张元臣家。

十五日(1903 年 12 月 3 日) 至商会公所，吾国商人借为团体之联络，亦要举也。大坂为商务荟萃之区，而非通商口岸，海外居留者，无指定之区，例可杂居，尚未设领事，统于神户领事而已。保商务，体商情，责在领事，可漠然置之乎？观水族馆，海中鱼介，诸类咸备，筑室为池，以玻璃为壁，蓄水其中，细鳞巨壳，分类标目，各为之界。上以汽机压空气，入于水中，故皆活泼泼地，乐同濠梁。有海驴二，其声嗥然而远震，兽其身首，鱼其后肢，在动物中为哺乳两栖类，寒带产物也,饥不得食,向人作低首状,投钱于豢者,饵以小鱼焉。晚,张元臣招饮,询侍酒诸人,知皆毕高等女校业者,谈吾国历史颇熟,愧汗累息,舌挢而不能下。

十六日(1903年12月4日) 作应酬字一日。杨韶九往观纸烟公司,请同往,未暇也。磷寸(即洋火)及纸烟二宗,皆畅行于我国,一皆日本所作,我国几无一人不用之,隐耗不可胜计。言商务者,讵可忽于目前而不先其所急耶?

十七日(1903年12月5日) 雨晴靡定,继以雪珠如雹,寒暑表在六十度,颇似吾国秋季天气,仍作书一日未辍。在东京时,曾为野田书诗扇,今千里驰书,寄绢素来,请亦作长幅,与吴挚老装为双璧,意不可却,当即书就邮寄。

十八日(1903年12月6日) 辰,阅视电话交换局,电话万家,纷纭交错,我所欲致电话之处,原无一定,势不能一一通线,故我室有电话,而亿万家之凡有电话者,皆可择而专与之对谈,而不忧旁泄,不虞窃听,恃中央电话局为之接线也。其安置处在层楼,排列长柜,周布室中,一一注明号数,如小窗然,如我之电话号数为一千一百号,欲致话于一千二百号,但我处电机一动,则局中一千一百号机动,而小窗开,知为一千一百号,我将电话呼出所欲通话之号数,则局中应声而接线,接线之法,有无数之圆短小铜柱,司其事者,但听明号数,即以手持柱,插于某号之内,而我与对谈之处,局中不得闻也,一月费不过数圆,而省时日,省足力,有事面商,需半日往返者,二分时间即已竣事,即远在千里,凡有电话之家,无不可以接谈者,但在外埠之处所,则视远近而有一定之加费焉。交换者耳为之听,口为之答,手为之记记明以便向用电话家收所加之费,此其凭据也,某人经手,则捺某之小印,亦不过一分时许,一色皆女工司之,列坐长柜下,手口耳目,无一刻暇,如万莺齐啭,亦文明界之特色乎?阅毕,至博物场游览,合动物、植物、矿物、古器物、绘画、雕刻一切物,及通常日用必需物,分场而列之。日用物分四室,皆售出品也。归途至商品陈列所,则世界各国之物品，皆分类陈列之，别其良楛，标其价值，以资商业之考证，备矣哉！午后，由难波乘汽车至堺驿，观炼瓦场日本砖谓之瓦，砖皆机造，机为德国制，每机一日可造二万五千枚，炼成坚如铁石，如吾国之汉晋砖，扣之铿然，其窑用石炭，不用柴，添火则自上而下，泥则取之于山，以舟载来，予索其泥观之，谓不殊我国，场长因取旅顺所造砖示我，其质极松易破，后以旅顺带来泥土所造之砖示我，则坚异寻常，因谓吾言为不虚，但制炼精则品质自异。此场一日可成五万枚，为国家特许专利，有功赏牌，遍悬室中，业不在大，顾所为何如耳。

十九日(1903 年 12 月 7 日) 周历大坂市廛。大坂水陆交冲，河皆通海，今海湾兴修船坞，约明岁可竣工，轮舶之由长崎抵神户者，将来可抵大坂海湾，于交通上尤便，盈河皆浅水小轮，以煤油代炭，清洁异常，东京市电车四通，大坂则街市稍狭，以小汽船补电车之缺，皆得利便。午后四时五十分，乘汽车，赴神户，寓田中旅馆，张元臣来送行。晚灯后，周游神户市上，百货山积，皆输出外国商品也。

二十日(1903 年 12 月 8 日) 辰九时，乘小轮登横滨丸。十时开行。风浪平静，山色水光，与吾目相为迎送，小岛如舟，突出水际，树木茂密，山居者皆得淡水，沿岸亦无斥卤。日本地学家谓远古时代，此邦原与大陆相连，以故征之地层，凡热带动物之化石，时时见之。物非日本所有，又不能自行越海而来，其为当时无海可知，故谓之陆海，今观沿海各村，皆林木葱茂，不似我国近海数十里间，弥望皆不毛地，其说或亦不诬。

二十一日(1903 年 12 月 9 日) 辰，抵门司，停轮。门司与马关对岸，因乘小汽船至马关，登岸一游。市中有寻常高等小学校数处，正值课毕，学生挟书回家，亦颇齐整，有古刹临海，长松荫日，俯瞰小舟泛泛，坐茶亭小憩，遂至春帆楼。春帆楼者，马关之大旅馆，甲午之役，李文忠与伊藤博文订约处也。有老女具茶点，出应客，因从索文忠小照观之，渠颇诩曾目睹中国李相云。午后回舟，三时展轮，经元海洋，稍颠簸。

二十二日(1903年12月10日) 辰四时,抵长崎停泊。午后三时开行,回望三山,五十日之游,历历心目,舟中满载图书,行装尤富。不似入海求仙者,可望不可即,风辄引而去也。

甲辰考察日本商务日记

许炳榛[1] 撰

张　叙

我国自秦汉以来，久以重农抑商为政策，士大夫无谈商务者。迩者朝廷鉴于外国商战之烈，乃悟商务之不可忽，思所以振起之，于是设商部、劝商会，毅然翻二千余年之成案焉。顾商务者，苟于国际之事不通，于他国之商政若商情，则内之无以为考镜之资，而外之无以为竞争之备，空言提倡，曾何裨乎？各省大吏，稔知其故，往往派遣属吏游历各国，考察商务，复以日本密迩，往者较繁，顾被派诸吏，鲜有最录所得以公于世者，岂有所秘而不肯宣与？抑不胜其任，虚行故事而无所资以相告也？吾友许苓西观察炳榛，番禺世家子也，虽系出名阀，而劬学好问，留意时事，无贵介习，及筮仕皖中，则勤于吏治，卓然有所表见，尝管大通榷政，兼主警察，在官勤恁，长吏嘉许。甲辰夏，改官江南，督部魏午庄尚书知其才，值选派官绅往日本就学政法速成科，乃以督送之任畀观察，且属考彼国商务焉。观察以九月九日抵长崎，十月十二日自长崎还，在日本仅一阅月耳，日记所考，裒然成帙。

---

① 许炳榛，生卒年未详，广东番禺（今广州）人。清末曾到日本考察实业，著有《考察日本商务日记》、《考察日本矿务日记》等书。光绪三十四年（1908）时为驻旧金山市总领事，以倡导实业而闻名。

余受而读之,若神户进出口货诸表及丝茶贸易情形记,洵可谓烛照数计,资彼已之知者。观察之言曰:惟多设学堂,可以整理实业,惟大辟工场,乃能推广商务,是以于铜矿局,于造币局,于造纸厂,于印刷局,于铁道作业局,于美术制造场,无不详述规制,贻我轨范,此诚振衣絜领之识,而非契舟求剑者之所知也。况乃忧国之诚,遇事感发,怅漏卮之不塞,怵地宝之慢藏,佛教徒流入内地之弊,自费生准学陆军之益,炎炎大言,更有不可以商务拘者。呜呼!安得各省考察商务诸人,悉如观察之知本耶?吾愿以是书为标准焉。

光绪三十年十月海盐张元济菊生叙

徐　叙

吾友许苓西观察炳榛自日本考察商务归,为日记一卷,同年生海盐张菊生比部元济为之叙,而观察复以序属珂。珂以比部之叙,提要钩玄,既足示读者以是书之关系矣,复何言?虽然,珂窃有感者,孙武子之言兵也,曰知彼知己,百战百胜。夫是道也,岂独兵家,凡有彼己之交涉者,皆视此矣。我国与各国交涉,近数十年为盛,我国之政治、之实业、之风俗,殆无一不为各国所洞悉,其著书言我国事者,统计之翔实,评论之精核,或较胜于我国人。彼果操何术以致此夫?亦其驻于我国之公使、领事与夫游历之官士,以至行商、传教之俦,皆各任侦探之务,而能各举其识故也。今我国商民之在外国者,无知识无学问,其所见闻而所揣测者,无以自贡于祖国,固也。若乃派遣使臣遍驻各国,亦既三十年矣,每一使馆,且必有参随若干人,其驻期自三年以至六年或九年不等,宜若大有所考察,以饷我国民矣。然其著书行世者,卒寥寥可数,而其中翔实精核者、不涉琐屑敷衍之弊者,尤寥寥焉。其他特别派遣,暂住即归者,又何责也?今观察虽奉檄考察商务,而实以送留学生往,非常驻日本也,且往返仅一月余,而所得乃如此，非观察之敏达而精勤，何以致之？呜呼！使我国士大夫涉历外国者，其敏达、其精勤悉如观察此行，则所谓周知四国之为者，又何以异于各国，而外交当局又何至梦梦如是乎？余读观察此书，而深感于是，因书以复观察。

光绪三十年十一月杭州徐珂仲可叙于上海寓庐

自　序

士农工商，分言之谓之四民，合言之通于一脉。夫中国各种社会，能辟天下之利源者，非农工商乎？能承天下之仔肩者，非留学生乎？顾世人每谓农工商与士异趋，不知士所学在农，士即农也，士所学在工，士即工也，士所学在商，士即商也，出经济而作经营，实业之兴，端由乎此。炳榛以番禺下士，听鼓江宁，秋八月，承两江督部魏尚书檄委，护送法政速成科官绅赴日本，兼考查商务。到东后，学务、商务殚力考察，读我国留学生报告调查，自本年三月止，计一千二百余人，而比来各省所派肄习速成法政、速成师范者，又不下数百人。夫速成之说，各国举不谓然，良以远涉重洋，观摩兴起，陶淑裁成，或五年，或三年，乃足饫其所学，归而各展经猷，顾或者曰，速成之原起，一以需才孔殷，一以库币支绌，然炳榛以为时艰日亟，则多派不如少派，试减学额于三之一，如派三人者，仅派一人，则学一年者，可学三年，且必慎选其夙优中学，略悉洋文者，否则学无根柢，必致穷大而失居，言语不通，亦且事倍而功半。无已，则请于自费生中，经出使大臣考验，择其学有端倪者，给以官费，续其学年，在公家所出之款，等于派速成者而无多，在指日所收之效，必较所派速成之学生为有据也。独是欲求进步，则派人留学欧美，尤为当今要图。惟即于留学日本毕业生派往肄业，庶几就熟驾轻，成才易得，学政治、学实业，皆足取人之长，补我之短，而实业与商务尤有密切之关系，盖中国商务之不振，以不知重商主义故耳。夫重商主义，在十六世纪以后之欧洲，诚不免阻生计界之进步，若移植于今日之中国，则诚救时之不二法门也。中国地大物博，民生日用所需，可以无待于外。外货之流入中国也，以其机器兴而制作巧，资本轻而品质良也。我能备此二长，于机器之发明，多实业之师范，则吾国所自产之物，必足与客货相埒，而成本之轻，亦必过之，如是于输入品重其子口税，以遏其来源，于输出品减其子口税，以扩其销路，商务之兴也，不惟国内有所观感，即经商于欧人之殖民地者，亦且挟资以返，合群力以振起商社之精神，为富国之良图焉耳。生计学、理财学家，其亦加之意乎？

光绪三十年十月番禺许炳榛苓西甫自叙于江宁寓庐

甲辰八月十三日(1904年9月22日)　炳榛以道员需次江南，奉南洋大臣两江总督魏尚书檄派，送宁省赴日肄习法政速成科学员二十人东渡，兼令考察日本各埠商务。学生皆宁省官绅也，官为江苏试用通判潘世杰，试用知县杨纪彦、陶梦蛟，试用县丞刘焕、赵国瑜，试用道库大使尹起凤，试用巡检刘金选、沈应镛，试用从九品汪之钧；绅为上元县举人陆维李、王光燮，廪贡生夏仁沂，廪生吕延平，增贡生卢重庆，附监生陶保晋，附生江南高等学堂学生钟福庆，江宁驻防江南将备学堂学生善濬，句容县附贡生郭定森，甘泉县附监生徐庭麟，六合县监生吴荣鼐，又自费生知府岑德复，而以译员上元李君从龙鸣谦偕。

八月十九日(1904年9月28日)　午前十一时，自江宁附汽船赴沪。

八月二十日(1904年9月29日)　午前九时半抵沪，寓二洋泾桥泰安栈。午后出门，访驻沪日本总领事小田切万寿之助君，询东渡船期。又苏省派送留学员江苏候补知府葛建侯太守德润，未晤，及归，则葛太守已至，遂接谈，知德公司船舱位已无余矣。

八月二十一日(1904年9月30日) 午前十时,访江海关道袁海观观察树勋,请发护照免税单。

八月二十二日(1904年10月1日) 午后二时,赴日本总领事馆见小田切万寿之助君,请发护照,允之,并为作书致其国外务省、农商务省,以为东行视察之介绍,良可感也。回寓以政法速成科开学期近,而德公司船既无舱位可商,他公司船又急切未至,方与学生协议办法,适有客至,谓北京练兵处所派赴日学生百余人,亦以无东渡船为忧,默坐相对,我心不怡。

八月二十三日(1904年10月2日) 午前十时,访徐仲可中翰珂、何黻庭观察黼章,询赴日各事。午后六时,宴学员于一家春酒楼。

八月二十五日(1904年10月4日) 午前九时,往各国公司探询船期,知九月初六日英国皇后公司船有二等舱位,宜亟行。归告学员,均诺,惟嫌其稍迟,炳榛意亦云然。

八月二十七日(1904年10月5日) 午前八时,与学员会谈,拟乘九月初四日花旗公司满洲船东渡。

九月初二日(1904年10月10日) 购花旗公司满洲船票。

九月初四日(1904年10月12日) 午后四时,送女玉琼入三马路美国中西女塾肄业。

九月初五日(1904年10月13日) 午前八时偕翻译、学员挈带行李至花旗公司满洲船验病,美医生处美医验病颇苛,以炳榛曾托人与商故,于学员颇为优待,概免验病。

九月初七日(1904年10月15日) 午前七时,偕翻译、学员乘小汽船出吴淞口。按航海汽船以法公司为最巨,而满洲船载重一万四千五百吨,较法公司船尤大,且为新告成而初次来华者。九时半抵吴淞,登满洲船。十二时自吴淞开行,同舟遇候补三品京堂庞莱臣京卿元济,与之畅谈,京卿为浙之归安人,家富豪,以商部奏派创设造纸公司于沪,故赴日调查造纸事业。午后三时行眺舱面,烟波浩淼,四望无垠,然未出内海,水色尚黄,东南隅遥见数岛,察其形势,与香港相似,盖舟山也即浙之定海县。既而舟入太平洋,水色澄碧,海波不扬,为旷然神怡者久之。

九月初八日(1904年10月16日) 水窗无事,读书自遣,时或默坐,窃叹念各国航海轮舶往来泰东西者,日新月盛,而我国独付阙如。岂惟外洋,即内海南北、长江上下,招商局轮,乃仅二十九艘,若英若美若德若日,先后创行大小汽船,纷纷搀夺,坐失利权。曩岁有人献策,拟创造汽船驶往南洋群岛,后卒因循不果,深可慨也。午后七时三刻,舟经佐世保港,灯火荧荧,略可辨认,地距长崎约十五日里每一日里约当中国六里,英国二里。

按:日本有海军区四,曰横须贺,曰吴,曰舞鹤,而佐世保亦其一也。佐世保属肥前国东彼杵郡。

九月初九日(1904年10月17日) 午前八时三刻,抵长崎泊焉,望见南北岸山市初入口。医来验病,有立视客而默识其数者,有察脉者,率以舱位之优劣为定。九时三刻,登岸谒我领事卞薇阁太守绰昌,颂臣制军之哲嗣也,小坐,传电于我出使日本大臣杨星垣星使枢及葛建侯太守,商入校事。十时三刻,译员陈君庥凤导游商品陈列所,乃以值秋尝祭,门阖如也。登诹访山,一览无遗,山有镇西神社,碑碣林立,有一碑镌日人大田覃诗于上,诗云:"天门山断海门开,岸上人烟拥镇台。处处白云飞不止,秋风一片布帆来。"又有炮弹多具,其一则勒石于下云,明治二十七八年王师征西,一等卒三岛治郎所获于馒头山之炮弹,黯然久之,不忍卒读。返至领事馆午饭,饭毕,卞薇阁太守导游劝商场,五时送至舟次而别。

按:长崎县居民为九十八万三千二百八十二人,众议院议员有选举权者七千七百四十二人,府县会议员有选举权者三万四千四百四十二人,至言各国侨民约六百有奇。我国之商于此者,约九百有余,而闽粤人为夥。有英、美、俄、德、法及我国领事在焉。其地出产,以海味为大宗,而煤尤多,轮舶进口率于此载煤,且有船坞、高等中小学校,惟食米则自暹罗、越南输入。

九月初十日(1904年10月18日) 午前七时一刻由长崎开行,越长门入里海,大风发于水上,舟微簸荡。六时过马关,峰峦回护,左为马关,右为门司,灯火两岸,远映波面,出口矿煤,咸聚于此。舟人某告炳榛曰:马关最高处有西式屋宇一所,立有标识,乃乙未年我国赴日交割大臣李文忠公换约处也。噫!

九月十一日(1904年10月19日) 午后一时抵神户泊焉。初入口,医来验病如昨,一时半登岸,东源馆浙江蔡君彬琛遣人相迓,当赴旅具检查所候验。旋访我国领事吴伟卿太守仲贤及姊丈吴君怀堂,遇山西候补道李荫柏观察宗棠,接谈久之,又遇蔡君彬琛,谈次,以归游大阪时招待一切为约,雅意可感。

九月十二日(1904年10月20日) 满洲船以入载货物未及开驶,因留领事馆竟日。薄暮乘小轮登满洲船,风雨大作,波浪甚恶。

九月十三日(1904年10月21日) 午前五时自神户开行,东出太平洋西人初来东洋,见其水大而平坦,故称之曰太平洋,水作深碧色,四望无际,舟微荡,有巨鲸数头,掠舟而行。

九月十四日(1904年10月22日) 午前七时半抵横滨口外,雾气漫空,医来验如例,因思我国滨海大埠,凡他国汽船进口时,从无华医诊验,医学不讲,昧于卫生,至可慨也。然吴淞之崇宝沙,亦尝设检疫院,而授权西医苛待华人,致令行旅视为畏途,近幸稍稍改革矣。九时入口,我国领事馆遣人来迓,又有江宁同乡会诸君相候于岸。十时,偕翻译、学员登陆,访我国领事袁逊初观察思永,午时二时登火车,沿途停车场有六,曰神奈川,曰鹤见,曰川崎,曰蒲田,曰大森,曰品川,所历风景多幽胜可喜,道旁多水田,阡陌齐整,极类区田,区约方二尺余,每处不过十余区或数十区。三时至新桥为东京停车场,则已至东京矣,率仆人料简行李,就东京市曲町区平河町三丁目金生馆寓焉,学员寓神田区今城馆。四时三刻,访杨星垣星使,久谈留膳。八时半回寓,传电话至望远馆招谭君典虞学夔来谈,又传电话至今城馆,约学员于翌晨九时往谒杨星垣星使。

按:东京旧为江户,将军镇焉。自德川还政,疏请迁都。日皇遂于明治元年东迁。

九月十五日(1904年10月23日) 午前九时半,率学员二十人及自费生岑葆初太守赴使馆谒杨星垣星使,订期翌日入校,学员以学校制服未购,援苏省例,请星使各给冬夏制服墨银四十圆,星使允之。午刻,干理两广事务谭君典虞诸君来约,赴两广同乡会演说,因助墨银百圆。九时,苏省考察警务姚桐生太守绳武,及体育会留学生潘君子欣来谈,九时三刻与杨星垣星使电话,订翌晨偕往陆军士官学校参观毕业礼。

九月十六日(1904年10月24日) 午前八时半,偕杨星垣星使暨其参赞诸君同至陆军士官学校参观毕业礼,将入校门,有译员相迓,款以茶点,同集者有南洋留学生监督沈幼沂大令兆祎,湖北留学生监督李子申观察宝巽、北洋留学监督赵康信观察理泰。十时半,日皇临幸,奏任官以上迎于廊前,校中诸官迎于校门内,校长导入便殿,旋入中庭,外务省大僚暨本校各官,暨外来参观各员,均整列于右。诸生分队演礼,整齐严肃,荼火军容,诚干城之选也。礼毕,日皇启跸还宫,近卫师团暨校中生徒奏乐敬送。午后二时半回寓,六时罗君藻卿、谭君典虞来谈。

按:陆军士官学校设立未久,明治三十四年为第一次毕业期,三十五年为第二次毕业期,今为第三次毕业期。学科有五,曰步兵,曰骑兵,曰炮兵,曰工兵,曰辎重兵。此次步兵科毕业第三人为炳榛犹子崇智,年十八岁。我国人入是校肄业者,必先入振武学校三年,本国学生必先入于陆军中央幼年学校三年,毕业后悉入联队六月,又半年而入户山学校,方为合格。校长今为高木作藏。校中演炮所,计攻城炮四,发射可直至五六千迈当之远;臼炮亦名田野炮四,发射可居高驭下,有五千迈当之远;克鲁伯炮亦名海岸炮一,口径二十四珊米突,发射有一万二千迈当之远,皆本国自制。埒马场倚小山为坡,骑兵上下,逐电追风,驰骋自若。标本室则地营、桥梁、铁路、行车、电线,无一不有。余如击剑所、体操场，凡所以为整军经武之备者，靡不设备，识者于是叹观止矣。夫陆军者，立国之要素，卫民之大本，日本明治五年，废旧有之兵部省，改设海军陆军两省，命山县友朋为陆军大辅，川村纯义为海军少辅，三月九日，废御亲兵，改为近卫兵。山县有朋编制陆军，先定征兵令。十二月一日，诏令举国为兵，壮丁悉隶兵籍，大别陆军为三种，曰常备后改称现役，曰后备，曰国民。常备者择年及二十之体健男子，身长五尺一寸以上者，以抽签法召募，使服役三年，其抽签不中者为豫备兵士，有缺出则征补之。兵士服役期满，犹当预备三年，国有军事，使复出执役。常备、后备之外，凡男子自十七岁以上至四十者，皆为国民军，若常备、后备有不足时，亦可征发。十五年一月四日，颁诏，以五事教戒军人：一曰尽忠节，二曰正礼仪，三曰尚武勇，四曰重信义，五曰崇质朴。是诚武人之箴铭，军教之神髓也。用能锐意训练，得成劲旅，而与世界列强齐驱并驾，今且仗义执言，与俄决斗，屡战屡胜，如摧枯拉朽然，自今以往，日之现象，将有一日千里不可思议者。我国有鉴于此，派人东渡留学陆军，固将以养成百万之貔貅，而巩固万世之鸿业也。盖我国危弱，久为外人轻视，非有千万陆军毕业生，辗转传授，则不足以练成军国民，而雄视于天演界中，势固不得不多派学生，而币藏匮乏，司农仰屋，又何从筹此巨款？计惟鼓励自费学生，以济官派之不足，乃为权时妙策耳。我朝深仁厚泽，率土皆臣，当此时局艰难，孰不思赤心报国？他日联袂归来，同袍共誓，靖内攘外，皆将是赖，何暇故为限制，以阻国民之勇气而坏万里之长城乎？所幸执政者今已翻然变计，奖励自费陆军留学生，使与官费生出身一律，无所轩轾，庶几干城者众，国势日强，我国幸甚，我民幸甚。

九月十七日(1904年10月25日) 午前九时半，前代理安徽徽宁池太兵备道刘葆良观察树屏来谈，并订下旬同往各埠考查商务之约。十时半，黄君朗垣、曹氏伯陶来谈学校事。午刻，陆军士官毕业生王君体端及崇智侄来谈，留与共饭。王君旋别去，予与崇智侄出门谒客，酉刻回寓。六时半，约杨星垣星使于翌晨九时半同阅帝国造纸厂及印刷局,并请其先牒外务省。薄暮,岑葆初太守来询入学日期,又学员陶保晋诸人具公函致炳榛,请援苏省例转商杨星垣星使,发给学校制服费事。

九月十八日(1904 年 10 月 26 日) 晨,为学生往使馆领学校冬服费。午后与谭典虞偕杨星垣星使、庞莱臣京卿同往帝国造纸厂及印刷局考察一切。厂系官办,凡入观者必经外务省介绍而始可往。局长名得能通昌,兹特录其规则如左:

(一)官报部。官报部分编辑、发卖两挂挂即办公处,编辑处凡日皇敕谕以及各府县公牍、各国驻使报告,类皆汇辑成编。除诏令外,凡各处所汇报者,局长皆得修改去取,惟诏令则悉仍其旧,不加点窜。又有会计处司出纳银钱之事,庶务处管理杂务,检查处考察一切,而发卖科则分发卖、发送两处。

(二)官报排印所。官报用英文者排印,有写字机一座,一人手捺字母,则铸字机器已以铅铸成模范,即可刷印。若专用汉文,或用和文,则须每一铅字排检而成,颇费时刻。印官报机器有二座,每一印可出十二纸,每期一万八千份,一日可毕。此机造自法国,然近时最新之机,每印可出三十六张。内设诊察所,凡职工有受伤者进此医治,并有查验身体格力器、呼吸测量器二种此所与守警所同,属于局长室。

(三)印刷部。印刷分雕刻、制肉即制印色处、刷版、调查、整理五所。

一雕刻处。凡制各种纸币之模范,有绘图者,有刻铜版者,有刻缩小之字者,有用电气制铜版者电气铸板之室,机器皆用电力,其机由德国所造,电力约至数十匹马力,每制一铜版,约经十余人手而乃成之。湖北官钱局近亦由该局代印,上有鄂督张香帅、鄂抚端午帅小影,雕刻之细,真如茧丝牛毛,令人目眩。闻创办之初,延意大利雕刻技师教授国人,后尽得其艺,遂辞去之。噫!雕刻一事,诚美术也,然亦其细已甚,乃能刻意研精,卓有成就,免致授权外人,其发愤自强,不亦即此可见乎?

二制肉处。凡各种颜色，皆分析其原料，故于色之深淡，料之多寡，研究极详。初日本所制印泥，久之即现黑色，后经悉心体察，逐渐改良，知银朱一色，向惟我国为最，世界各国莫与媲美，因特遣人来华，习得其法，归教国人，故近时行用朱色，颇能与我国所制者相颉颃。其制朱室，凡欧美人之欲入观者，皆拒不纳，恐泄其秘也。或谓其学于他国，而不欲使其流传，未免偏浅。然自炳榛观之，即此微末技艺，犹能自为保守，不使他人仿制，夺其利权，则远者大者之注意更可知已。制肉处分制肉、秘决、色料三种。

三刷版处。专印各种钱币、国债票、股份票、邮政票、明信片等日本谓之叶书，每印一纸，始则湿其纸，继以浅色深色层递加印，俟其干燥而切之，而理之，而检之，各有专司，其职工大抵皆女子也。

四调查处。凡押印、检点数目、涂胶、切断、封缄者皆属焉。

五整理处。凡局内各事均归整理，诊察所即附属焉。

印刷局隶内阁总理大臣，有敕任官一员即局长，为日皇所敕授者，奏任官一员为大僚奏请者，判任官五十九员，雇员三百八十三员，男工一千三百九十人，女工一千四百零九人，又杂差等二百五十人，共三千三百三十人，男女工资每日少则二三十钱，多则五六十钱不等日币每钱即中国当十铜圆一枚。

印刷局为国家大事业，关防甚密，且纸币触火甚易，时恐失慎，故局中恒行练习救火之法，偶有火警，则守警部吹汽筒、鸣钟号，各场男女工人，一闻此令，皆疾行下楼，群赴局前旷地救火，届时其机器已预备皮带，放水直喷矣。自警令既下后，至喷水时，不逾五分钟，喷水已毕，有两工舁一负伤者至，医生已伺旁敷药，及整队而归，时不逾二十分钟，亦神速矣。吾谓凡聚集多人之学堂公所，皆宜仿行此法也，且当发布警令时，工人方从事职业，猝不及防，然皆闻警争赴，不缓须臾，虽时纷乱已极，而局中钱币无或缺失一纸，苟或有之，则至夜即可查出，以各处皆须归根还原故也。其立法精美，不留缺点，诚有令人称叹不置者矣。

按:日本时事新报之印刷机器,于明治二十九年以前,概用旧式,每一小时之印制力,凡四页或十六页者,仅能印成二万四千部或一万二千部,病其未速,至明治二十九年三月,始购用英国伦敦尔鲁贺会社最新之卷纸印刷完成机器,一小时之印刷力,凡四页或二十页者,竟能印成四万八千部或二万四千部或一万二千部之三样,闻其总行在美之纽约,而伦敦及其支店云。

九月十九日(1904 年 10 月 27 日)　晨,谭君典虞来,译员李君从龙往今城馆结算学生宿膳费。十一时,往使馆领各学生入校听讲证券,并备礼物二十余分,分赠当道。午后一时,偕杨星垣星使往谒内阁总理大臣桂太郎君、外部大臣小村寿太郎君、陆军大臣寺内正毅君、农商务省商工局长森田茂吉君、参谋本部陆军少将福岛安正君、外务省通商局长杉村濬君、法政校长梅谦次郎君、法学士铃木充美君、外务省头等翻译岩村成允君,均承优礼款接。五时,往华族会社拜长冈护美子爵,一见欢如平生,承面约星期一设中东筵宴于其花园。子爵于中国情事洞若观火,故谈及国政外交,殷勤忠告,诱导我国,不遗余力,彼之与我并列亚洲,同文同种,唇亡齿寒,子爵能知之,亦有心人哉!临别握手为礼。六时半回寓,晚饭既竟,骤觉遍体寒缩,目倦神迷,乃以药治之,服后寒热交作,盖由申东渡,沿途备尝辛苦所致故也。入夜稍安适。

九月二十日(1904 年 10 月 28 日)　疾稍愈,晨刻勉起。九时一刻,偕学员往法政大学谒校长梅谦次郎君,又代递自费生岑葆初太守函,乞其照拂,并托校中司事华人范君宗廉招呼宁省学员。是日十二时入校,午后至望远馆访谭君典虞、罗君藻卿,约其同往岗梓造纸厂一阅。该厂秩序井然,有条不紊。总长名得能通昌,即前日所阅之帝国印刷局长,所造纸料,以印刷电报者为最,余长七八尺、宽二三尺者,皆系外国订造机器,以购诸英美两国者为多。别有分厂专造钞票纸币等,皆以人力为之。湖北官钱局及广东所行钞票,均由此厂代造,以国宝之调剂物,而乃假手他人,利权外溢,亦何堪设想耶?阅竟回寓，发江宁电报。八时半，金君湘帆、王君体端来谈。

按：造纸原质以山茶树皮为上，坏鱼网及烂布次之，草料禾干又次之。凡制造时先以原料用人工约束成捆，除头尾舍弃外，余则浸入大池，池有药水，俟其既润，起而取之，分别挑选其有黑色斑点者，仍须(陶)[淘]汰，余则置大圆铁桶内，用汽力蒸干后，初次宛若棉花，再次浸于酸达池内，即变为白质，肖似雪花，纤尘不染，后复入一池，乃成腐浆，数过车轮，以洋绒铺地，而浆灌其上，乃压以重铁片，流去渣滓，即成为纸。凡纸面印有某字样者，乃压力所至，遇镌成印也。我国纸厂事业尚未发达，虽沪滨一隅，伦章、华章各局，经营数载，稍塞漏卮，而纸质不佳，工作草率，比诸各国，霄壤悬殊，以故人不乐购，而洋纸进口因之日益繁夥。今各处书局林立，需纸不少，大都贩自异地。优胜劣败，天演之公理然也。然则讲究化合，以求进步，整顿工艺，以谋改良。时至今日，其亦尚可缓乎？嗟，我国民勿谓区区之事，不足介意，每岁之出口黄金，即此一端，已不知其几何矣！绳锯木断，水滴石穿，迄今图维，未始非挽回利权之一端耳。

九月二十一日(1904 年 10 月 29 日) 九时半发江宁北京电报数通，午刻谭君典虞、罗君琳、金君湘帆及诸乡人来问疾，颇思出游，一换空气。午后偕典虞诸君游东京博物院，又至上野公园看日俄战争绘图及美术展览会，目界为之一扩。四时回寓静坐，默念日俄以争夺满洲而出于战，我国乃守中立，不禁怅然者久之。旋赴庞莱臣京卿红叶馆之约，此馆为东京最优者，同席有三井八次郎君，三井物产合名会社饭田义一君、石田清直君，王子制纸株式会社铃木梅四郎君，外务省头等翻译岩村成允君，及我国杨星垣星使、参赞马拱宸观察、译员黄君滴清、商董王君惕斋。杯盘罗山海之珍，宾主尽东南之美，惜日邦海味，生啖者多，食性有不同者耳。酒阑回寓，旋与译员李君从龙商，拟分日答宴中外官商事。

九月二十二日(1904 年 10 月 30 日) 晨刻，令译员李君从龙往精养轩欧西旅店阅定寓所，以金生馆饮食起居，诸有不便，且脱屦入门诸俗,尤为各王大臣来此所不便也。午刻自金生馆迁往,即定翌日宴客,自后公宴数次,亦在西洋酒店设席,虽稍费而便利也。又顺道至森田馆晤刘葆良观察,商约阅工商厂学校事宜。三时半,偕庞莱臣京卿往浅草公园游览动物园、水族馆,异兽精禽,陈列咸备,如读《山海经》而目瞪舌挢矣。阅后往使馆,偕译员赴长冈子爵宴,子爵即席赋诗为赠,诗云:"嘉客来从江水湄,瀛东何幸此同卮。才高雁序联翩上,志壮鹏抟远大期。笔与三唐争气格,交于四海遍心知。只应纵饮永今夕,不用殷勤劝费辞。"炳榛旋赋二章答之:"重洋远涉太平湄,对酒当歌快举卮。鸿爪雪泥皆易地子爵曾游历我国,炳榛今游日本,雪泥鸿爪,所谓易地而皆然也,高山流水即钟期。田园景异渊明赋子爵家园景物颇盛,吟咏名侪太白知子爵以诗名,著作等身。东亚邦交唇齿笃,枯肠三涤勉陈辞。""扶桑日出水云湄,盛饯躬逢酒满卮。上国有才嗟去别炳榛俟考查商务,毕即归国,深情无限订来期。同文为我迷津指,异地如君毕世知。忠孝传家寒敌胆哲嗣在陆军士官毕业,今死于日俄之战,举觞前席试陈辞。"诗歌赠答,怡怡如也。酒罢,复以《古文尚书》一册见赠。

九月二十三日(1904年10月31日) 晨,偕庞莱臣京卿赴农商务省纵览商品,承工学士、商务省商品陈列馆技师笠原吉太郎诸君嘱托增田英一导游各室,知其所制绸缎,以贩运日本者为最良,至于耐火炼瓦、五金矿石,罗列甚夥,而各机器小样,则尤不可胜算,又有涂器、陶器、织物、染物,陈设夥颐,触目皆是。我国实业不兴,因仍旧习,处此商战世界,曷以自立?而犹懵然不知,以为此乃小民日用之细微,市井之营业,漠然视之,不为整理,是以朝无商法,野无商学,官无商政,市无商权,漏卮日甚,生计日微,吾民前途诚殆哉,岌岌不可终日矣。自今以往,其当明农劝工,振兴商业,以与列强执鞭弭握,筹笔驰骋于生存竞争之场,则舍日本其谁师乎?日本农商务省设大臣一,次官一,秘书官、参事官、奏任、判任各官,悉视各省,而以农事、蚕丝、制茶、畜产、家畜、卫生、狩猎、水产事务属农务局,以商工、度量衡、商业会社事务属商工局,以官家、商家、森林、原野事务属山林局,以矿业事务属矿山局,以工商制造、领牌、专利事务属特许局,以分析地形、地质、土性事务属地质调查所,以陈列内外商品、参考、制造事务属商品陈列馆焉。今将输出各品列表如下:

输出品	年额
生丝	八〇〇〇〇〇〇〇〇两
羽二重	二五〇〇〇〇〇〇〇两
绢制手巾	三〇〇〇〇〇〇〇两

输入品	明治三十七年九月份额
洋　纸	二九七二二七两
棉　花	四〇四〇七四三两

茶输出		加美英德法西露中香
三十七年份	九月	一三〇七四九六两
	一月至九月	一〇九四二一三四两

米输出		香英印布澳濠
三十七年份	九月	一四八〇二九两
	一月至九月	四〇〇八六七五两

米输入		
三十七年份	九月	四八六九三九一两
	一月至九月	四七七四四二六六两

午后往劝工场一览，三时半，往外务省晤山爵君畅谈，款待殷挚。又往使馆，偕译员同赴法学士铃木允美君之宴，同座有辨护士北井波治目君、帝国众议院院长栗原亮一君，席次以《俄国暴状志》一册为赠。又有铃木充美君哲嗣铃木充杉君在第一高等学校肄业，品学兼优，善鼓琴，对酒当歌，春雨一曲，尤沨沨移人，成连海上，足怡我情矣。铃木充美君曾充香港领事，且游历扬子江一带，我国教育尤所注意。尝言我国近年整理学务，派人来学，颇为可喜，惟速成科之设，本为济急，计实则修学之期，非历三载，不能见效，况人之智愚，天渊悬隔，从前三年卒业，其学业有成者，颇不乏人，而略涉门径、未窥堂奥者，亦所难免。今以尔许短促之光阴，兼习几多之学业，涉躐了事，弊将更甚。盖学如路然，务当循序渐进，若思一蹴而几，则反欲速不达矣。又谓李勉帅、张香帅、端午帅类皆热心教育，锐意启迪，上国多才，同兹忭颂，兹闻李勉帅作古之耗，不知宁省学务，有否更变？吾愿继其任者效曹参之守成，以继萧何之大业，庶几君之归国，得发抒所见，见诸实行也。临别，派人力车送炳榛回寓，是日惊悉李勉帅薨逝之耗，晚发江宁电报一通。

按：商务之兴，端由实业各国商战未已，继以工战，诚有道也。参观农商务省，见其万货列陈，比较优劣，以激动商战者之心志，吾知彼国工商游历其境，敌忾之心勃然发焉，求胜之情油然生焉，孰不思发明新制，力争上游乎？然则于此而犹欲其工艺之不发达，商务之不振兴，不可得矣。江南地大物博，而实业学堂惟江宁创办一二，至若商品陈列馆、工艺研究所，自江南创议试办外，他省继起者少，虽日日言改良工艺，日日言整顿商务，其异于画饼充饥者几希。炳榛敢以一言蔽之曰：惟多设学堂，可以整理实业，惟大辟工场，乃能推广商务，否则空言无补，诚不如箝口结舌之为愈矣。

九月二十四日(1904 年 11 月 1 日)　晨往商品陈列馆毕览。十二时赴使馆午膳。午后拜夏殿撰同龢，又至望远馆视各学员。四时半接外务省转电，悉署苏抚端午帅兼署督篆。晚发天津关道凌润台观察函，又发上海电。

九月二十五日(1904年11月2日) 午前八时往新桥铁道作业局，承外务省大臣派头等翻译岩村成允君同往，与局长问答时许，据云，日本初办此项工程，不过千余里，今已两倍有余，计其资本，以山路桥梁最为浩繁，较诸寻常道路，多加三倍。现计本国官路约千咪，商路约二千咪，并以铁路会计表一册为赠。所阅各种机器，均用电力运动，一切镕铁、刮磨、修理等事，皆自行经理，绝不假手外人。车内所用之木，桧为最多，日本风俗俭朴，佣值低廉，故能利市三倍，以视我国专务虚名，不求实际，致于实业一门，略无进步者，相去奚啻霄壤。午后一时，偕刘葆良观察、黄太史大埙，约岩村成允诸君至新桥酒馆西餐毕，旋往警视厅考察，厅长为井田茂君，有名于时，谈次，言我国拟办警察，岂不甚善？但中有为难者二端，不可不察，一则派人来学，中东情势迥异，其应如何改良之法，即教师亦难深悉，如谓聘用日人到华教授，则学生狃于中土情势，又不知日本影响若何等语，辨论历二时许，颇能持之有故，言之成理。警察厅分五大部，一刑事，一切要犯及盗窃等属焉；二营业，一切报纸及升降人员属焉；三风俗，一切下流社会属焉；四交通，一切桥梁道路等属焉；五卫生，一切食品及颜料属焉；别有水上警察，专管海外缉捕。东京现有五处，共约三千人。又有消防所管理救火事者，千五百余人，救火机器共八架，一闻警号，四十杪钟便可开车，而购自德国之洋梯，亦用马力，能升高至六十英尺。救火时，在事各人缘木而升，勇往直前，较吾粤人尤胜，闻自设救火机后，失慎之家所焚木屋，虽多不过数间，无燎原不救之患。我国鄂粤各处，户口稠密，易兆焚如，亟应仿是行之，庶几保险可废，利权可收。五部以下，各部又分两科，近拟改十五分局为七十局，由大而小，经费即易周转，常年勇额，月饷由九两至二十四两不等，如积劳病故，及因伤致命者，则给吊祭料，又有遗族扶助料，其三年役满，谨慎趋公者，即由国家特赐精勤二字之宝星，以示鼓励，每年东京警费均由东京府筹备。炳榛今就各室所见，一一陈之。其第一室即以各分局电报及电话为最重，每人报到，无片刻停者，又有火灾捕盗等非常警电，另编一机，而暗码惟用一字，殊属灵便，一刹那顷，遍传各处，盗贼虽悍，不虑漏网；第二室有化学仪器，考验卫生饮食，大而至于动植，细而至于玩物，即头绳颜料、锡炉油色，亦无不加以考验，何者有害，何者无弊，一一陈列于第三室，以备参考；第四室即讲堂，内有我国学生湖北十人、北京三十四人、四川二十七人，已毕业者北京八、湖北十九、四川二十七。阅后至小警察厅考查，内有监督一人，裁判二人，会计二人，电话一人，皆有官守，旋又至其分局，规模较警视厅略次，内有教习专教学生，及裁判官数员，又有小监狱救火车之属。观毕各赠《警察全书》一部，归寓已入夜矣。

九月二十六日(1904 年 11 月 3 日)　是日为天长节，乃日皇御诞。午前八时出见旭光旗章，遍揭于门，盖彼国臣民之所以表庆贺者也。至使馆，偕杨星垣星使赴青山参观兵式，九时日皇临幸，兵队北面立，日皇前导后扈之马兵计数十人，前后随扈双马车五辆，为太子及贵族等，惟皇舆金黄色，莅场入御座小憩。是时其大臣及各国使臣咸入内谒见，行鞠躬礼毕。俄而太子传令，改乘黑骏骑，近臣骑而从，将佐以上及外臣亦然。周览列队，然后骑而立南面，发口令，令既发，军乐大作，第一起演步兵，第二起演炮兵，第三起演工兵、马兵、辎重兵及近卫师团，每队至日皇前，皆右顾以致敬。日皇举手答礼，其国民皆在道右。日皇阅毕下骑，仍乘马舆，兵前导还宫，国民嵩呼者三，日皇亦右顾按辔徐行，观者塞途，军容之盛，莫与比已。十时回寓，薄暮，外务省大臣小村寿太郎遣头等翻译岩村成允来约后日同往观足尾铜矿，此矿所出之铜，即我国铸铜币所需者也，又大隈伯爵约翌晨十时同往观早稻田大学。

九月二十七日(1904 年 11 月 4 日)　午前十时往观早稻田大学，是为明治十五年大隈重信伯爵所创设，始称东京专门学校，至明治三十五年改称早稻田大学，讲堂凡三十余所，生徒凡三千人，教师兼清韩协会总董青柳董恒导观一巡，所阅学则略表如下：

学则概要

<table>
<tr><th>部门</th><th colspan="2">学科</th><th>修学年限</th></tr>
<tr><td rowspan="4">大学部</td><td>政治经济学科</td><td>第一高等豫科</td><td rowspan="4">三年
一年半</td></tr>
<tr><td>法学科</td><td>第二高等豫科</td></tr>
<tr><td>文学科</td><td>第三高等豫科</td></tr>
<tr><td>商科</td><td>第四高等豫科</td></tr>
<tr><td rowspan="4">高等师范</td><td>国语汉文科</td><td rowspan="4">第三等豫科</td><td rowspan="4">三年</td></tr>
<tr><td>历史地理科</td></tr>
<tr><td>法制经济科</td></tr>
<tr><td>英语科</td></tr>
<tr><td rowspan="2">专门部</td><td>政治经济科</td><td rowspan="2"></td><td rowspan="2">三年</td></tr>
<tr><td>法律科</td></tr>
</table>

内附中学及实业学，我国留此肄业者三十人。又有图书馆，各国书籍汗牛充栋，借观者或在本校，或携回宿舍，均听其便，又有各国报纸，亦可浏览。阅毕赴东京巢鸭阅监狱所，闻建筑监狱糜金百万，囚徒所制之物，供军用者为多，每日出货约值二千两。监长至，则囚徒起立为礼，而仍事工作。囚徒约二千一百有奇，居室约三百间，每间足容数人，屋宇洁净，流通空气，阑以铁门，燃以电灯，我国中人之家不是过也。食物以机器炊煮，杂以米麦，可壮身体，下至电灯之燃，燃于此机，浴水之热，亦热于此机，机之为用大矣哉！又有医院一所，于卫生之学，研究至精，别有小监狱在东京者，约五十处，凡罹死罪之囚徒，两月后即正法，然东京一年内应处死罪者不过二十人，余则视其犯罪之轻重，定禁锢期之修短，最永则十五年，或十年、五年、三年，短则两周每七日为一周不等。

按：大隈伯爵为日本维新第一人，具独立之精神，视国政若己事，其外交政策尤以保全东亚、维持中韩为宗旨。尝著一论，阐明主义，驳斥异说，登诸报章，盖为研究国际问题者最有力之说云。谈次，论及我国前途，大为忧虑，以为时局多艰，凡属国民，皆当负荷干戈，捍卫社稷，乃反观中国，则举国上下，熙熙攘攘，如登春台，目盲四海，心窒五洲，猛虎当关，不思奋起直搏，乃犹恣其啮噬，废弃义务，莫此为甚。惟留学诸人，以受文明教育，感外界风潮，颇能鼓吹国民主义，发明个人天职，将来归国，定能为国驰驱，以扬华夏之光荣，惜为当道漠视，未加信用，不亦慎乎？又谓中国学校既设教科，迄无善本，艰杂繁芜，毫无秩序，以此求才，何异蒸沙以期成饭云云。呜呼！以我国之内政腐败，不知自变，而异邦人士乃不忍坐视，忠言相告，又不能用，岂非大可羞耶？至于监狱，则我国素不讲求，土室棘垣，阴霾触鼻，一入牢门，无异阿鼻地狱，囚徒因病枉死，岁凡几何，揆诸重视民命之义，乖舛实甚，亟应采东西洋制度，加意整顿。又为多设工厂，督令习艺，如《周礼》所载，鬼薪城旦，例提其佣值，半以充公，半为储放，释时如数照给，则俟出犴狴，谋生有所，不致再为匪类，如此则既可消弭内乱，复能充裕国款，且不致枉死非法，以一举而数美备，亦何乐而不为乎？兹录日本监狱章程二则于后，以备当道采择焉。

一　各监管理给与品及贷与品规程。

第一条　次于夏挂子而加左之一项。

一雨衣雨覆附。

第二条　夏挂子一个，改四个月为八个月，次于夏挂子而加左之一项。

一雨衣雨覆附。

一　在监人奖赏规程。

第一条　奖赏之人须谨守狱则，作业精勤且实心悛改者，然必经过第二条规定之期方可。

第二条　囚人入监后，二年可得奖赏，但囚人有情可原者，亦可减其期限。

第三条　褫削赏表之囚，可从其褫削之日，经过二年而再得奖赏。

第四条　在监人之行状，概依左之事项，视察彼之看守及女监管理，无论大小事件，记入报告簿内，于看守长可使提出。

一关于狱则及纪律之遵否。

二关于对亲友故属而有思想。

三关于教诲及教育。

四关于作业及工资。

五关于清洁卫生。

看守长参酌彼之看守及女监管理之提出，而定一己之意见，记入身分帐、行状录，必二个月一次。

第五条　典狱者于各囚奖赏期毕，会同监狱书记、看守长、监狱医、教诲长，依身分帐而审查行状，咨问意见，可由己之意见而判定之。

第六条　惩治人而有善良行状者，可准前数条而得奖赏。

九月二十八日(1904 年 11 月 5 日)　晨偕外务省头等翻译岩村成允君及四川奏派各国游历官章观察世恩、奏办江西农工商矿总局翰林院编修黄太史大勋，同乘火车往足尾查看铜矿。午后至日光山下火车，积雪如银，山色初霁，奔涛急溜，阴崖沍寒，如入琉璃世界。晚至小西馆栖止，宴岩村成允诸君。

九月二十九日(1904 年 11 月 6 日)　晨起行至细尾，所过多山道，经德川庙，杉木万丈，浓阴密布，山顶有湖，周十余里，颇有我国杭州西湖风景，山径崎岖险巇，乘舆而行，如临蜀道。午后至神子内，饥寒交迫，颇困倦。晚抵足尾，晤足尾铜山古河矿业所长南挺三君及工学士管田繁君，款待甚殷，即设宴答之而别。

十月初一日(1904 年 11 月 7 日)　晨起观足尾铜山，地高六千尺，开挖设厂之处，在高二千五百八十尺地方，岁出铜千六百万斤，每百斤值日金三十六圆。山凿坑口五处，曰本口坑，纵七尺，横八尺；曰有木坑，纵横各八尺；曰出合坑，纵六尺六寸，横三尺三寸；曰小泷坑，纵横各八尺;曰大通洞,纵九尺五寸,横十二尺。矿线系用铁索,长者二千七百中里,上下两条互相悬引,有四十五匹马力,坑夫约万人,足尾昔甚荒凉,居民仅三十余家,近以户口繁多,增至五百倍。复至古河铜矿局观览,有分矿质机器所、淘汰矿质机器所、转运矿质机器所、镕炼矿质机器所、范成铜砖所。日出铜八百砖,每砖五十斤,成本日金十八圆,岁约得银三百六十万两。凡矿石百斤,入炉镕炼,第一次得四十两,每二次实得净铜十五两。至于验矿质之佳否,有石灰水机以去毒,其验矿石,以女工为之,约数百人淘沙,以水机磨砻,铜质无秋毫损失。查此矿于二百八十五年前始发见,向由官办,折阅甚巨。明治十一年始由现在矿商古河市兵卫购得,治以新法,至今历年仅二十七,而已积资三千余万,此二十七年中,机器换至四十余次,始有今日之发达。矿名古河,地以人传也。内有医院、绘图学堂,又有制造厂,电线、木料均自擅利权,不必外求。兹将古河矿所之办法列表如下:

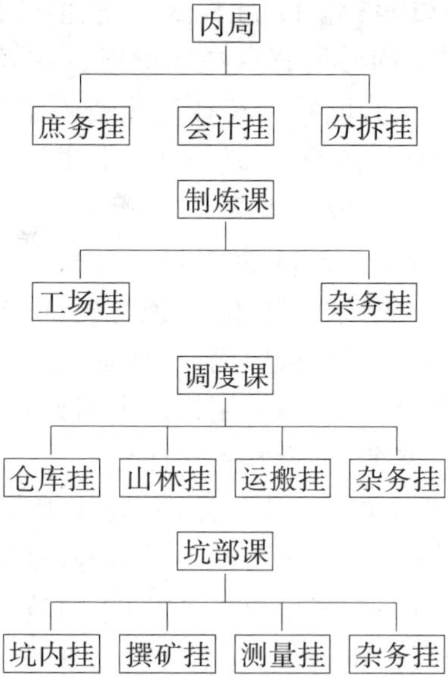

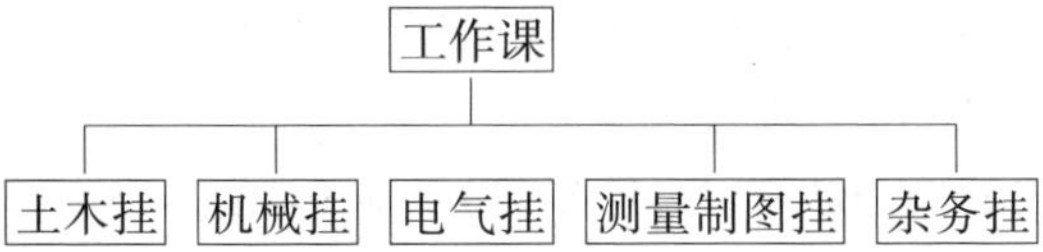

按足尾铜矿在栃木县下野国上都贺郡足尾町，北纬三十六度三十分、西经零度二十分，距东京四十日里，坑内铁路延长十四万一千五百三十八尺，坑外铁路延长三万一千六百二十一尺，矿石分精矿、中矿、舍石三种，精矿可竟入制炼所，舍石则放弃之，中矿须筛出，经捣矿器及磨碎器，而后淘汰焉。坑夫每昼夜分三班，称为一番方、二番方、三番方，每班作工八小时，每人每日可挖矿质二百五十斤至三百十二斤，明治二十九年全岁所出，炼净铜斤九百八十九万四千三百四十九斤，每日匀算，可得净铜二万七千五百余斤，洞内电气起重机每举一次，上下五百尺，每次可运两吨重，每二分钟可运一次，电气抽水机每次上下三百尺，每抽一次去水二吨重，每二分三十秒时可抽一次，所出铜砖均行销外邦，其最高潮流则浸淫入于我国，奔腾澎湃，不可遏止，而我国乃亦鼓舞欢迎，争相购用，殆所谓江河不择细流，故能成其大，泰山不让土壤，故能成其高者，非耶？然使我国十数行省，而尽属一坦平阳，无重山叠岭以蕴蓄矿产，则鼓铸国宝，财政所在，楚材晋用，何独不可？乃吾国山岳高耸，大千世界，悉是五金，诚能开辟利源，则可取之不竭，用之无穷。环球各国，皆将为我之膨胀力所侵掠，更何患自用之不足，顾必使韫藏不出，而反运诸异地，抑何颠倒之甚乎？夫西邻有人室多黄金，藏之窖中，而日患穷迫，乃向东家摇尾乞怜，冀得一金以继饔餐，彼固不知窖中之有金也，今我国既知地有宝藏，而环吾门而瞰吾室者，且纷纷攘臂相纱，满载而去，乃为之主者，目睹其事，而茫然罔觉，又以国用所需，不得不运诸他处，以较前设之譬，有以异乎？阅足尾铜矿一周，条理井然，且喜且怅，喜得调查其办理之内容，资我效法，及回望吾国狂波怒扑，又不得不怅然以悲，悲吾国之弃利于地，而求人救援，悲感交集，辍笔者再，谨列该矿办法如左。

世有能发愤自省,急起直追,而大开矿产,以兴实业抵外溢乎?则吾之所焚香铸金、顶礼不辍者已。

十月初二日(1904 年 11 月 8 日) 朔风萧索,天气渐寒,午前与南挺三君、管田繁君话别,仍偕岩村成允君、章观察、黄太史循途归,出青泷,至日光山。晚抵东京上野寓所,赋诗七律寄赠长冈子爵,仍步赠答原韵:"言旋衣带水之湄,无限离愁入酒卮。书拥百城征学养,菊开三径证襟期。辽云变幻伊谁属?宦海沉浮莫我知。今夜同倾心上事,桓筝抚处写新辞。"子爵复遣和田纯君赠竹添光鸿所著《左传会笺》一部。

十月初三日(1904 年 11 月 9 日) 晨赴新桥火车站,送崇智侄回国,并同至横滨。我国领事袁逊初观察亦于是日乘永生丸归国,遂假领事馆设宴饯之。

十月初四日(1904 年 11 月 10 日) 午前参观大同学校及各工厂,午后自横滨乘火车回东京。

十月初五日(1904 年 11 月 11 日) 晨至外务省及各署辞行,又农商务省杉村濬君为作函至西京大阪府介绍。午后二时赴日皇芝区离宫赏菊茶会,该会岁一举行,凡各国公使及大官亲贵男女均得与焉。是日天气晴朗,车马络绎,有菊花一本而千头者,洵奇观也。日皇有菊癖,故国徽均绘菊形。五时罢席,至新桥停车场乘急行车赴西京考查一切。适留学生谭君典虞、金君曾询、邓君弁华等回粤,因约与偕。是日外务省大臣小村寿太郎君、特派头等翻译岩村成允君、长冈子爵、铃木充美君及留学生均来寓送别,承以宋本《三礼》、《尚书》等籍及诗为赠。六时由东京开行,同车遇章观察世恩,畅谈永夕。

十月初六日(1904 年 11 月 12 日) 晨车抵西京,有横滨永义和商董吴君植垣至,约同往各埠考查,情意殷挚,并招待至九乃旅馆小作勾留,旋持函至大阪府访香山静一君,承遣译员偕往美术制造场阅看。该场工人仅五十名,均用日本线织,乃手工为之。货分三等,上等日出一丈，每码二尺六寸值日金五圆，中等日出二丈，每码值日金一圆五角，至纱缎绫罗，则销售印度者为多，兹觅得原料样本数种，并购新织洋缎一匹，携以回国，以冀效法改良。午后往阅机器纺织局，是局集股日金九十万圆，手织工八百人，每日每人出货二丈，均以日线为经，英线为纬，机共百架。后阅素缎场，共用机器三百架，每日每架出货六丈，又缫丝机约共五六百架，别有过浆烘干机十余机，及染丝汽机等法甚精备。该厂开办于明治二十年，每日出货，值日金三千圆，岁约百万圆，此项工艺皆由法国学习得之，机器亦购之于法，至于今日逐渐改良，竟有青出于蓝之势，亦可谓后来居上矣，贩路仍以我国为最。四时三十分诣铜币局，局隶大藏省，规模狭隘，日出铜币三十五万枚，局主名冈田。我国北洋近在此定铸九百万枚，日夕运工，颇形忙迫，我国圜法不一，民苦货币之困久矣，近行铜圆，以济银穷，然金币既未制造，纸币又难通行，内地口岸，无不钱价低落，民生雕敝，虽有铜圆，犹非计之上也。晚赴西京铜商董事村上君之约，五时二刻偕村上君游日本开国皇陵，庙貌倾圮，碑碣莫辨，然千年后土阶茅茨如故也，钦仰久之。顺道至知恩院一览，是院为西京之最古者，宝殿辉皇，山巅高占，法轮旋转，日月齐光，内有大钟一，相传为数百年前物云，晚即款客于九乃旅馆。

按：明治元年一月置大阪镇台，管理民政，旋改裁判所，五月再改为府。四年七月废藩置县，十一月大阪府及高槻、麻田二县均废而置本府。大阪工业最盛，为中日贸易最重之埠，又近接东京、名古屋、和歌山之大工业地，凡自大阪向中国输出品如海产、棉纱、棉布、火柴、洋伞、玻璃器、钮扣、缫棉器、纸类、石碱、钟表、陶磁器、扇子、团扇等物，指不胜屈，我国之人商于此者以北帮人为最多，在日华商约分三大帮，曰北帮，牛庄、天津、烟台人属之；曰三江帮，凡长江一带及其他附近内地各处人属之；曰广帮，则粤人也。尚有闽帮，人数甚少。三江帮次之，别有一种贩买杂货者，资本既微，且无信用，约有数百人，遍历日本国中各地，而皆以大阪为根据地焉。

十月初七日(1904年11月13日) 午前十时,偕诸友自西京附火车,午刻至奈良,此处有皇都故址,松杉环屋,驯鹿满山,沿途多有担卖饼饵者,鹿得因之向人求饲。山多树,禽鸟可人,予游历日邦所见风景,此为最胜。旋登大本山东文寺,殿阁高峙,松树十围,大佛一尊,高五丈余,掌间可容三十人,诚大观也。庙瓦皆信士捐助,书姓名于上而刻之,余亦从俗效颦,留姓名而去。又至春日神社,颇类社稷坛,近议重修,闻须日金四十万圆,然已集资过半矣。别有灶神庙,翚飞鸟革,颇极壮观,士夫捐助石灯数千枝,盖日本庙社无分大小,均悬一木于中,如牌位而无题识,令人不能索解。此庙有七种树一枝,传谓社神发迹树间,木与藤本周匝而生,考奈良市属太和国添上郡,地方繁盛,人民丰阜,有裁判所、博物院,广袤东西一日里二十九町三十六丈为町,南北一日里六町,市坊百四十七,户口五千七百七十一,居民三万八十八人,出产麻布、笔墨、漆器、团扇、袜、鹿角制品、名酒等。午后至菊水楼,以西餐宴其地商董焉。憩二小时,此处楼耸三层,陈设雅洁,夏日游人颇盛,恒宿于此。五时乘火车往大阪,一小时而至。八时至永泰铜铁店,托朱君良生传电话至神户探询船期。

按:佛教导源印度,而浸淫及于中国,复乘势注入于日本,波流所至,罔不披靡,朝野上下,莫不茹素诵经,顶礼膜拜,东施效颦,愈传愈广,演至今日而亚东一部,几成佛国,此欧西人士所以有黄种信佛之说也。然自其表面观之,诚为至当不易,而按之于实际,则信佛二字,惟日本足以当之而无愧色。夫岂中国所能望其肩背耶?谓余不信,盍读佛典?佛说,我不入地狱,谁入地狱?救此众生。故常舍身不顾,普度一切,大仁大义,大智大雄,而无一毫虚骄伪饰。乃吾阅汉唐以后之历史,游东南数省之地,但见好佛自误、托名清净而厌世之主义磅礴于简册也。丛林密集,香火辉皇,而虚无之恶习传播于闾阎也。求其不顾一身,甘入泥犁以拯国民于万劫之中者,绝无仅有,其数典而忘祖耶?抑食古而不化耶?吾盖无以测之。后游日本，察其风俗，则其国人之迷信，亦与我国相类，乃察其国人之体格，大率踊跃不羁，活泼有为，绝无放弃权利、废弛义务者，何种因相同而结果乃异乎？吾尝深究其故，而知日本所传者为大乘，中国所袭者为小乘，至于今日，又仅末流而已，故惟知经忏惑世，而自甘暴弃，假造福来世之名，失现身救世之真，其亡其亡，谁谓不宜？至于日本，则表扬大雄之至真，阐发救世之天职，潜移默化，民由是强。大和魂从军乐之雄声，遍传全国，武士道祈战死之壮思，深入脑膜，凡此种种，何一非由佛说为之母，而乃得此产儿乎？今者既利用其气，以战胜强俄，复发其胀力，传教中国，漳泉之间建寺之交涉，犹未议结，而浙江干涉僧产之纠葛又起，他日于天主、耶稣之教案外，又将添一教案矣！呜呼！正气充塞，魔术焉施，数千年来苟已自定国教，则耶稣、天主何从乘间侵入，更无论夫佛教，乃相攻相击，自鸣得计，转使儒教湮没，是谁之过欤？

十月初八日(1904年11月14日) 午前八时，朱君良生约在丰乐楼早饭，旋至住友铜厂阅制造铜币机器。厂中工作分日夜两班，共三百人，岁以销售我国者为最多，制法亦类我国，且规模狭隘，逊于粤局，日出铜三千斤，约得铜圆二十四万枚。别有增田厂，亦与此略同，惟压边机每一转轮，可压九枚，便捷殊甚。在日本每架不过值日金三百圆，亦廉矣。又阅电气机厂，亦制造铜圆，虽出货甚迟，而成色独佳，铜币均销流欧洲各国。午后三时往街市游览一周，购土产锦缎数匹，以备参考。六时抵神户，大雨如注，行色仓皇，本拟附美公司支那船回国，后因译员未由横滨来，知已改乘英公司日本皇后船，遂往昌兴公司购舱票，并发各处电。

按：神户为旧摄津境，自改制后，属兵库县，与大阪均为通商要口，而中日贸易稍异大阪。大阪以输出品为大宗，神户以输入品为大宗，每岁输入最巨之额，如米谷、大豆、胡麻子、砂糖、缫绵、肥料及一切农产物，非小商所能经营，至如海产物、火柴、棉布，则为输出之重要者，亦与大阪相类，而以运往我国者为第一位，占全输出额之三割有四。侨居华民约三千人，其由华商输出贸易最多者，为海产物与火柴，华商联合购买之时，有定价垄断利益，日商却步。尝闻人言，日商以火柴全部贸易，久为华商把持，屡欲收回利权，自行贩运至华而不可得，海产亦然。大阪华商之势力亦伟矣哉！且大阪廛市阛溢，商贾荟萃，考察商务，此为要点，爰竭数日之精神，调查一切之大概，以饷国人而资观览焉。

神户丝茶贸易情形及茶商店号并销售办法

查明治三十六年神户输出绿茶一千零三十二万四千六百斤，值银四百零四万七千圆。红茶七十六万五千斤，值银二十七万九千圆。茶末二百四十三万八千斤，值银十四万六千圆。业此者分为两途，一输出商，一买卖商，输出商自备资本前赴内地采购，复行精制，然后径运外国行销，买卖商则揆度市情，购贱售贵，以获赢余，不复经营海外。综此二者，大抵不离乎行商居贾者。近岁以来，是店分东西二派，东派即日人自行经理者，仅二家，一曰日本制茶株式会社，一曰伊藤小佐卫门。西派约十余家，其最著者如九十二番茶行、三十六番茶行、十一番茶行、六十二番茶行、怡和洋行茶栈、士蔑茶行等，皆欧美商人之来东办茶或代其本国茶行采购，再运往本国行销者也。买卖商则均系日人，计十四家举其著者而言，如山本商店、园部商店、冈甸商店、山本支店、鹭见商店、珍本商店、共同贩卖店、胜森商店、酒井商店、笠松商店、仓西商店、菱谷商店、成田商店、中村商店。

各店皆有商标，同业皆不许冒用，违者由茶叶组合议罚，组合即中国所谓公所也。兹将茶业办法提要列左：

一、经营茶业之地，须按郡区设立组合，更于郡区内择一合宜之地，建立事务所，即名组合事务所，专司整顿制法及办理一切。

一、郡区之组合，设立于府县通衢，复于一府或一县中枢要之地，设一联合会议所，务使消息灵通，更于全国扼要之地，设一中央会议所以统辖之，凡组合及联合会议所之规则，须经该管地方官核准，其中央会所之办法，则由农商务省查核并归节制。

一、中央会议所之费用，由各府县之联合会议所分认，会议所复征之于各郡区之组合，其组合经费，则由各组合员任之。征收之法，由各处自由定章，有按卖价征收者，有按担数箱数征收者，查明治三十六年茶业中央会议所经费支绌，日本政府给费三万五千圆以补助之，嗣后可岁由政府津贴，永以为例云。

一、各组织事务所，所设之长及委员，由部内之组合员选定，组长则于委员中公举之，但组长之去留，须经地方官批准，其委员之黜陟，亦须随时禀报存案备查。其联合会议所及中央会议所之办法，均仿此例，查美国芝加戈市、纽约埠均有日本茶业委员常川驻扎，每年冬季回国，亲赴产茶各地，将一年内调查情形演说一次，使业茶者洞悉利弊，知所趋避，茶业发达，盖由于此，凡遇外国开博览会，日本制茶家必于会场设一茶会，凡国内所有名茶，出以供客，使人知日茶之优美，而借以推广销路。日人善于经营如此，亦可谓水银泻地，无孔不入者矣。

一、每年中央会议所及联合会议所皆须会议一次，联合会议所则将所在府县之组合中，应否改良公议，斟酌并报告一切，中央会议所则以全国通盘筹算，例亦如之。

一、联合会议所议员由部下各组合委员中选举，中央会议所议员则由联合会议员中选举。中央议员三年期满，必须合格，乃可就选，如自有茶园一町步以上者、能制茶五千斤以上者、能买卖制叶二万斤以上者，皆为及格，方可充为议员，如无及格，则以出类拔萃者充之。

以上乃茶叶大概办法，至生丝一项，神户出口极少，现计每年输出欧美各国及香港等处，仅有丝屑四五十万金而已，商团未结，法无可观，故付阙如，以免骈指。

光绪三十/明治三十七年春季由神户运至中国各货价值表

货物名类	价值总数　圆
棉花	
棉纱	五七五七九〇〇
熟铜	五〇〇五〇〇
洋布	三二〇七〇〇
洋伞	二九九八九〇
纸烟	二一二五六〇
天竺布	一三三九五〇
洋粉	九四二〇〇
浴巾	八〇一五〇
火柴枝	六八四八〇
各种纸	五九八八〇
铜制品	五六四七〇
冬菇香菇	五五二〇〇
斜纹布	五一一六〇
玻璃灯	四八六四〇
火柴	四六九八〇
人参	四三五〇〇
顶上棉纱	四〇六〇〇
钟表	三六八三〇
草帽辫	三二〇五〇
薄铜片	二九二〇〇
鳅鱼	二六八五〇

续 表

货物名类	价值总数 圆
箱木	二六四六〇
玻璃镜	二五八四〇
安全火柴	二四八〇〇
虾干	二四五〇〇
药材	二三四〇〇
丝棉䌷缎	四四四七〇
硫磺	二〇〇五〇
海参	一九八〇〇
纽扣	一七三九〇
海带	一三九〇〇
绵纱碎	一二六〇〇
绒布	一一三五〇
磁器	一一三〇〇
绵织各物	一〇七〇〇
熟皮	九七八〇
洋胰	九五八〇
玻璃器	九一〇〇
生铜	八四〇〇
矿水	七九六〇
鱼翅	六九〇〇
日本酒	六三八〇
玻璃瓶	五九〇〇

续　表

货物名类	价值总数　圆
咸鱼	五五五〇
铜铁器具	五四七〇
麦酒	四九八〇
蜡	三六四〇
洋靴	二四五〇
瑶柱	一九七〇
淡菜	一六六〇
屏风	一五三〇
鲍鱼	一三九〇
棉毡	一三〇〇
零星杂货	八九五〇〇
火柴箱木	二六四六〇
木料木板	七五五七〇
硫酸	三四〇〇
合计	九三七六六二〇

光绪三十/明治三十七年春季由中国运至神户各货价值表

货物名类	价值总数　圆
棉花	六三二五八〇〇
大豆	七九三八四〇
生棉	三七五〇〇〇
棉子	二六〇八四〇

续 表

货物名类	价值总数 圆
羊毛	一四四五〇〇
米	九七二九〇
苎麻	九五四〇〇
菜子饼	九三〇〇〇
生卵	九二一〇〇
小豆	八四〇〇〇
包席	八一九八〇
砂糖	六三一九〇
棉子饼	六二二〇〇
各种油蜡	四三八七〇
豆饼	三五五六〇
草帽辫	二五七七〇
蚕豆	一七七七〇
牛皮	一七五七〇
猪毛	一四九六〇
艾片	一四八四〇
明矾	一三〇三〇
柞蚕丝	一二三三〇
银朱	一二〇五〇
棉屑旧棉	一一〇〇〇
藤	一〇九〇〇
天蚕丝	八八〇〇

续　表

货物名类	价值总数　圆
豌豆	八〇〇〇
甘草	七三〇〇
石膏	七一七〇
苎麻绳	六〇〇〇
锑	四二四〇
鹿皮	四一〇〇
漆	三二〇〇
麝香	一七六〇
酒	一〇五〇
杂货	四二〇〇〇〇
合计	九二七〇四一〇

光绪三十/明治三十七年春季神户出入口船表

出口

国别	只数	吨数
日本轮船 日本帆船	一一三 二	一二七七〇 四九九八
英国轮船	一八八	五二一四六四
德国轮船 德国帆船	五六一	一五六二一八 一九八〇
美国轮船 美国帆船	三〇 一	一一九八六五 二一四六
法国轮船	一九	四六七五〇
瑙威轮船	二四	二四三五二

续 表

国别	只数	吨数
荷兰轮船	八	一九二〇七
奥国轮船	六	一八〇〇七
韩国轮船	五	三一九四
意国轮船	一	一七八六
中国轮船	一	一一五九
合计	四五五	一〇四八八二六

入口

国别	只数	吨数
日本轮船	二四三	一九一九〇〇
奥国轮船	六	一八一五七
英国轮船	二〇三	五五一七五八
德国轮船	六四	一六四三六三
美国轮船	三〇	一一九八六五
法国轮船	一九	四六七五一
瑙威轮船	九	二七一〇七
荷兰轮船	八	一九六一七
韩国轮船	六	三九九〇
瑞典轮船	二	一九八六
中国轮船	一	一二五九
合计	五九一	一一四六七五三

光绪三十/明治三十七年夏季由神户运至中国各货价值表

货物名类	价值总数　圆
薄板铜	五七八四三
熟铜	六六五八七四
铜纽扣	三九三六
矿水	二六三二〇
菜子油	八八二六
纸扇	四三一八
招牌纸	三四二九
各种纸	三四二一
鸡皮纸	九九七三
假洋纸	二四六七
纸制品	二二八二二
花纱	五四九六八九七
顶花纱	二五一七四七
白布	一〇三六六五
洋布	五五九五九
棉花	二三〇三
羽绸	一〇七五五
天竺布	一一四九四一
浴巾	七二九四七
洋毡	一一四七三
花席	三四三〇
花布	九二〇六〇

续 表

货物名类	价值总数 圆
洋伞	一七三四〇九
陶磁器	一八六〇八
宝器	二五〇七
学术用品	六九三九
玻璃镜	一八三七〇
玻璃器	五七七五
大玻璃樽	三七九八
灯类	二〇五九一
机器类	八六八六
钟表	三二二一三
草帽	四九〇五
火柴	四七八八二五
安全火柴	一九〇四七三
火柴枝	一九二九〇
火柴箱木	一〇二三六
木料及板	三九七六三
硫酸	四九五三
樟脑	一七六九
洋胰	六六二〇
石碱	一四二八
梳打	二三二三
日本酒	一二〇六〇

续 表

货物名类	价值总数 圆
大皮酒	四二六二六
小皮酒	二六八二
纸烟	七二六六三二
洋粉	七八八〇〇
制茶	一三〇四
绿茶	三三四
香信	九二八七二
大茴香	一二五四
日本参	三四六五六
海参	二二七五
鳅鱼	一一二五九
虾干	四四一二二
瑶柱	二三二五
咸鱼	一九七一
鲍鱼	五〇八六
杂货	二八四九〇〇
合计	九四二二〇四五

光绪三十/明治三十七年夏季由中国运至神户各货价值表

货物名类	价值总数 圆
大豆	六〇四〇〇六
鸡卵	二九四八五

续 表

货物名类	价值总数 圆
小豆	三一八一七
蚕豆	一八〇〇三
豌豆	一五一八
杂豆	六八四九
洋米	七七三八
棉花	三七一二四五五
生棉	一二〇〇二
棉子	八三八九九
棉子饼	七一九六八
苎麻	一一一三一七
菜子饼	六三〇七四
豆饼	七一三一六
各种肥田料	四四八三四
碎花纱碎	三一六二
锑	三四四二〇
天蚕丝	六八四七
油蜡类	二九〇三〇
滑石	一三三七
银朱	六八六五
明矾	一四九〇
牛皮水中皮	一四二六八
羊毛及各毛类	一一九四九二

续 表

货物名类	价值总数 圆
猪毛	一八九八
麝香	八一五〇
艾片	三四三二
甘草	一一六六
铁块	一五七〇三
蒲包席	一五六一四
草帽辫	一四八一
布匹类	四四四四
各种药材	二八八一
杂货	六八四〇〇一
合计	五八二五九六二

十月初九日(1904年11月15日) 晨往祥隆店访陈君步云,遂同至布引山观瀑布,洗温泉,又至中华会馆同文学院,院为寓神华民集资公立,学生凡三班,且有女生。阅毕,赴陈君品芳之约。

十月初十日(1904年11月16日) 午前十时登英公司日本皇后船起行,舟中遇游历欧美回华之陶七彪部郎在宽、游历日本回华之庞莱臣京卿,畅谈甚美。

十月十一日(1904年11月17日) 舟行震荡,坐立不安,午抵长崎,轮机暂停。将入口,医来验病如故,午后登岸,发各处电信,复访我国领事卞薇阁太守,取我国报纸数种,归舟纵览。

按:长崎为我国东渡要津,亚于神户,中日贸易于此,由来已久。华商以广帮为最多,规模闳大,资本充足,大率设本店于香港,而设支店于长崎,故势力甚强。北帮、闽帮皆以经营不善,今已衰落,而宁波人颇掌上海贸易之权，其输出品以海产物为大宗，业此者自相联合定价购买，日商不得故昂其值，而亦无如之何。炳榛勾留扶桑，仅匝月耳，遨游所至，匆促殊甚，虽两至长崎，合只数日，一切商务，未能尽悉，兹就目见耳闻者提要钩玄，录之如下，至该埠大小商号，则共三十一家云。

上海入口

黄豆　白芝麻　青麻皮　蚕豆　黑芝麻　牛骨　绿豆　棉花　洋布运销韩国　赤豆　豆饼　鸡蛋　黑豆　菜子饼　青豆　棉子饼

烟台入口

牛骨　豆饼

牛庄入口

牛骨　豆饼

天津入口

牛骨

香港入口

暹罗米　仰光竹豆　槟青糖　洋铁　安南米　大糖　天蚕丝　仰光米　赤糖　玳瑁　过江米　吕宋青糖　红熟牛皮

出口往上海

鱼翅　淡菜　茴香　海参　紫菜　棉纸　鲍鱼　红菜染色用　漂白纸　鳅鱼　香菇　有烟煤　鲨鱼皮　白蜡　蛏干　煤屑　墨鱼　香荇　桂皮　无烟煤　蛤干　石斛　松板　木炭　虾米　五倍子　棉布

出口往香港

鲸鱼筋　枳壳　鳅鱼筋　八角　公鱼干　鳁鱼干　蚬干　柴鱼　虾米　飞鱼干　百合　石耳　银杏　胶菜熬胶用　余均与往上海者同

（内物除鸡蛋外，多半由华商运输出入）

十月十二日(1904年11月18日)　晨五时，由长崎开行，风涛甚静。

十月十三日(1904 年 11 月 19 日) 晨检理行装,十一时抵吴淞,易小轮进口。午后一时半抵申,即日回宁销差。

附 上两江总督周尚书考察日本学务情形禀

敬禀者。窃职道于八月十三日奉前督宪魏札饬,监送选派学习政法各员绅往日本留学,并考查各埠商务等因,遵于是月十九日由宁启程,在沪齐集,搭德国公司船于九月十四日行抵东京,当即会同出使大臣杨,照料该员绅等入学事竣。顺至横滨、大阪、神户、长崎、日光、奈良、西京七埠商务学堂、工厂、衙署局所考查。复与彼都人士酬酢往还,如外部大臣小村寿太郎、总理大臣桂太郎、大隈伯爵、长冈子爵辈,皆彼政治教育大家。职道遇事咨询,无不竭诚剖告,其言多中窍要,各具血诚,除将沿途经历暨考察详细情形编为日记,因篇幅重叠,俟校印完备,再行进呈外,兹就该闻所得,参以管见,分列四条,为我宪台缕晰陈之。

一、游学之利弊。查留学日本官费私费各生,数至二千余人,各省增派,尚络绎不绝。以中国此时人才消乏,冀求智识于外国,为将来学成回国办事之用,原属不容缓之图,然以职道所见,有到东年余,尚在补习普通者,有既入学堂,不通东西文者,何必远至日本,多耗学费?已往无论矣,以后当俟在中国学堂实已毕业,其学问程度与彼专门学堂程度相合,方予选派,即或一时合格者鲜,与其多派充数,不如详慎选派,免蹈躐等之弊。职道此次与日本士夫谭及,亦皆以多派不如慎派,派东仍宜派西为言。盖日本各科学术,大半胚胎欧美,彼国之与中国路近费省,关系密切,故多遣游学,其实教育之精神,课程之美备,视欧洲诸国终似稍逊,又以中国求才甚急,特为立速成师范、速成政法诸科,限期数月或一年,此皆急则治标之策,而不可据以为常,且学师范、政治者居其大半,学各种陆军、实业、科学者寥寥,近来日本工商兴盛,均注重实业教育,自理科大学、工科大学以下,遍设各种工业、商业、农业学校,即大隈伯所立之早稻田大学中,各科均在其内，课程亦佳。职道间往考览，其分科之繁，编制之善，有非楮墨所能罄者。中国亟宜一律仿设，一面派人分科往学，余如关税一科，尤中国最急之务，以中国财政废弛，独海关税务，条理秩然，弊窦划绝，然而利权旁落，无术挽回。查日本福观海关，初亦延用外人，旋经派人至欧美调查研习，即自行管理，中国亟应派人至日本海关，详稽办法，为将来设法收回地步，况加税免厘之议已定，须多得精习税务之员，经理尤为当务之急也。至振武学校职军一科，章程极善，食宿皆在其内，中国学生风潮屡起，而未闻该堂有此恶习，以其功归实用，无暇他求也。初入振武学校一年，即入联队，或半年，或十月，视其人之质性为衡，毕业后即升士官，计初入振武而至士官，共不过三年半毕业，如有愿入专门者，各随其便，然亦须选中学普通者，方可照送，恐一入武备，于文事未能兼顾，反觉无用，至练兵处原奏，非官费不能派送，苟有志而无奥援者，不知何所适从。愚以为无论官派私费，皆准入学，均由公使考验管束，便不至流荡为非，况留学生中滋事者，并非陆军学生也，故该国大臣中谈及私费一事，殊不谓然，如蒙具奏豁除，则大局幸甚，此游学之宜审别者也。

一、警察之遍设。近世各国整理地方，驱除奸宄，无不惟警察是赖，有司法警察、行政警察、高等警察、普通警察之分，日本规仿泰西，复就本国地方情形变通举办。其制于东京设警视厅，画方面设分署，又置出张所、交番所，各府县均设警部，亦画区置署，署内分诘问、拘留、电信、寝息等室。人民有事陈诉，由当值一员送至承办处审办，其办事之类，分户口、营业、疾病、统计、会计等项。自警视总监以下，凡警视、警部长暨巡查总长、副长等，无不由生徒考取擢用。其教授课程，文事为刑法、刑事诉讼法、警察法各科，武事为柔术、击剑、步兵、操典各科外，有设巡查讲习所及于署内设研习英语专所者。计全国办理警察人员共二万二千一百九十九名，教法如是之详，任事如是之众，故能使通国静谧，行旅尤觉安然。如职道经过横滨、大坂、东京等，无论所至大埠，即至小之日光、奈良各乡，甫一卸装，即有警察员往来巡视询问,若遇游历人员入境,随时责成店东,将其人之来踪去迹,作何事业,驻息何处,一一登记,至晚均用电话通报各署,警察即留心护卫,凡外人行踪举动,警署无不知之。且每街路口,均有自动电话,遇有事故,人人可以密通消息,设有宵小混迹其间,焉能逃其耳目。然非其国中电话交通铁道电车迅速,亦难联四境为一家,合耳目手足为一气。今中国创办警察,既无精习警务之人,又道路闭塞,铁道、电话未通,种种阻碍难行。即职道前于皖省大通厘局差次兼办警察,严办章程,每日恒酉出子返,昼夜梭巡,雨雪无间,地方始得稍安,然以所观日本警察情形比之,经费既能扩充,程度尤相去远甚。此次职道至日本警察各署再三考察,承警务大臣赠以《警察全书》,业经上呈,如蒙采择,饬编译局速译进呈,通行各省而实行之,千端万绪,皆在全书中矣。此警察之宜仿行者也。

一、工艺之振兴。日本四十年前,贫弱过于中国,历年通商出入,货物不足相抵,溢出金银,岁及亿万。自改正条约,用保护关税政策减轻出口税,以图抵制,复开银行以流通金币,联公司以厚集气力,而奖劝殖产,用新法制造货物,尤为振兴商务之根原。盖世界各国未有各种营业不兴,而商业能以自立者。如横滨、大阪为市面整齐资本充足之区,而财源之涨缩,概操纵于公司,公司之命脉,实萌芽于工厂。计各厂属于内务省者,有千佐制绒所、爱知纺绩所、广岛纺绩所、砂糖制造所等。属海军省者,有横须贺造船所、唐津石炭所等。属农商务省者,有佐渡、生野、阿仁、院内三地之矿山,暨赤羽、深川、兵库、长崎之工场等。余若水车器械制造所、木工铁工所、面粉酿酒所、制造鱼油燧木昆布所等,均有公司,由监督主持,通力合作,实其积资巨、分功繁,故能图利厚也。自明治初年至三十年,贸易出口之数,加至十五倍,虽由朝廷注意奖劝,亦由学校教育使然。盖日本行强迫教育,通国无人不学,凡入工业商业学校者,必已具普通之知识,与中国之工商略识之无、自安于下流社会者不同。其商业学科,于商业经济、商业历史、商业实践外,复授商业道德,不致有诈伪欺骗等恶习,尤为中国所无，而工科大学演习实验之精无论矣。今中国固终日忧贫矣，不知救贫之策，必振兴工商，而工商非实地研习，不能与外人角逐，是宜仿日本学制课程，于工商学校外，多设商业教员养成所、工业教员养成所，期二三年毕业，并竭力扩张各种实业，实业兴则工商自有进步，此工商之宜取法者也。

一、军事教育。职道此次抵日本时，正值战事方殷，军书旁午，然所至各处，类皆气象肃穆，毫无惊惶扰乱，惟人心激昂，有与俄不两立之势，无论妇孺，论及俄人，必愤詈而痛诟。职道详加体察，而后叹教育之浸渍人心者深也。日人于十年前即将俄人暴横贪诈、凌蔑日本、必将为患全亚之情状，列入小学教科书中，通国无人不读书，即无人不痛恨俄人，无人不时时以保国雪耻为念，自退还辽东以迄今日，积忿至深，故爆发至烈，用能摧挫强俄，博战胜之荣誉，非幸致也。其军队之编集教练，尤能萃各国之所长，使全国若一致。计国中设十二师团、二十四旅团，以四中队为一大队，以三大队为一旅团，以二旅团为一师团，步、骑、炮、工、辎重，各兵皆备，平时正额凡十四万九千九百九十五名，遇有战事，招集后备，国民志愿兵可至百万。盖人人皆有兵役义务，以入军为荣，以战死克敌为乐，故观日本军事之整齐，不独当效其形式，尤当法其精神。精神者，日本所谓武士道大和魂，亦所谓国民教育者是也。自陆军大学校以下，有幼年学校、士官学校、户山学校、炮工学校、野战要害炮兵射击学校等，由普通而专门，教法至善，尤孳孳以明治五诫“尽忠节、正礼仪、尚武勇、重信义、崇质朴”为本原。今中国在彼学陆军者甚多，亦惟研习课程、仿效形式，至其尚武之精神，与人人群知爱国之义，则非从国民教育入手不可，此军事教育之宜注意者也。

以上四条，似游学一事，最宜慎重，尤宜审量参观，冀收实效。盖警察、工商、军事，无一不由教育而成，兹欲采法实行，必当如日本振兴学校，使教育普及，方免舍本逐末之讥。盖国势之进步，实视教育之进步为定程，日本然，即推之各国，亦无不然。职道往返不过百日，而考求工艺,查察学堂,讨论政治,一日数起,寝馈弗遑,好在投赠往还,当道巨公无不推诚相与,用能博采周咨,借扩眼界。即如天长令节,士官观兵,离宫赏菊,日皇赐宴,躬逢盛典,尤为幸事。谨就见闻所及,撮要上达,我宪台公忠体国,葑菲不遗,愚昧之见,是否有当,伏祈垂鉴训示,施行大局,幸甚。

乙巳东游日记

张维兰　撰

乙巳四月，项城制府令直隶各属选派绅士，赴日本考察学校。邑尊周沁甫师，遂令刘君春甲与余同去。五月初京卿，又指示东，十月初九日，由东返津，凡五阅月，择要记录，其无足记者，付之阙如焉。玉田张维兰。

四月二十七日(1905 年 5 月 30 日)　由河头乘火车。晚六钟，至天津。

五月初一(月)[日](1905 年 6 月 3 日)　早十钟，赴学务处，谒会办卢木斋观察。

初四日(1905 年 6 月 6 日)　早十钟赴督署，谒项城宫保，谆谆训勉，谓时局艰危，日俄开战，东三省半遭蹂躏，父母妻子，颠沛流离，现在德人又伺山东，直隶与两处接壤，势甚可危，诸生到东，须专心考察，回国振兴教育，不徒强国，并可保家焉。十二钟，回学务处，督办严范孙京卿，又指示一切，谓日本风俗与中国不同，诸生到东，以整齐、洁净、安静、和平为最要。晚两钟回寓。

初五日(1905 年 6 月 7 日)　早九钟赴督署，照合影。十二钟回寓，整行装。晚七钟，至老龙头，乘火车，护送员为杨石门昆、王鸣皋大鹤。王、杨两君，东洋毕业生也。九钟，至塘沽，大雨，寓长发客栈。

初六日(1905 年 6 月 8 日)　晚三钟，乘小火轮，河不甚宽，河舶往来如织，出大沽口，则巨海无涯矣。五钟，登大火轮，由护送员购定三等船票,自塘沽至神户,日币二十元。

初八日(1905年6月10日) 晚四钟开行。十钟,风甚大,颠簸不已,同人多晕吐。

初九日(1905年6月11日) 早五钟,风定。晚六钟,至烟台停轮。烟台即芝罘,与春甲乘小舟登岸,九钟回船。

初十日(1905年6月12日) 早八钟,风起。十二钟开行,不甚簸荡,在舱面远眺,觉天风浪浪,海山苍苍,转于今日遇之。

十一日(1905年6月13日) 晚七钟,大雾,船行甚缓,屡放气以警来船。

十二日(1905年6月14日) 早八钟,雾止,远望济州岛,长约二百里,朝鲜南境也。晚七钟,船荡甚,盖黑水最深处矣,同人多呕吐者。十二钟,船略平。

十三日(1905年6月15日) 早十钟,至长崎停轮,医生乘汽船来验病,在舱面略一诊脉,防疫气传染也。长崎港蜿蜒数十里,入港徐行,见两旁山色苍翠迎人,古所谓三神山,是耶非耶?港尽处三面皆山,楼阁参差,依山傍麓,远望若蜂房。晚五钟开行。

十四日(1905年6月16日) 早十一钟,至门司停轮,验病如昨。乘小舟登岸,略一流览。晚两钟回船,门司与马关隔岸相对,马关属山阳道长门境,门司属西海道丰前境,中间海面,不过三四里,真险隘也,过此即入内海矣。五钟开行。

十五日(1905年6月17日) 船行甚稳,沿途岛屿纷纭,争奇竞秀,如碧芙蓉倒映海面,真画境也。西人谓东瀛山水为亚洲之冠,良然。晚十一钟,至神户,验病如前。

十六日(1905年6月18日) 早八钟登岸,税关检验行李。九钟,寓田中旅馆。晚四钟,饮于宴琼林。

十七日(1905年6月19日) 冒雨流览一周,见街衢整洁,商业甚盛。至诹访山,因雨未登。至中华会馆,馆主导观各院,规模闳壮,左为正厅,右为天后宫,大门外有壬辰年李伯行星使撰联:"赤县统皇图，天下为家，到此更征中国盛；东邻占乐土，太平无事，从今长保亚洲亲。”在正厅茶话片刻，询知神户华商约三千人，大坂约六百人。晚三钟回寓。十钟乘火车，二等车票，日币七元。十二钟，过大坂，电灯无数，照耀如白昼，过此颇觉困倦，因少睡焉。

十八日(1905年6月20日) 过名古屋、丰桥、静冈等处，皆停车片刻，穿暗洞十余次，盖凿山以通道也，一路开窗远眺，见山腰麓脚，沟洫纵横，平畴甚鲜，居民皆板屋，院无墙垣，间有编竹为篱者，男女皆勤于工作，惟女子往往袒胸，男子往往上下无衣，股际略兜白布，殊不雅观。晚五钟至东京，直隶留学诸君迎至新桥车站。六钟，寓神田区旭楼旅馆。

十九日(1905年6月21日) 梁祝香志宸、陈鹤杉光溥并同乡诸君均来，照料甚周至。

二十一日(1905年6月23日) 赴同乡旅馆。日本席地而坐，不设床几，其坐也，两膝据地，伸腰危坐，而以足承尻后，盖犹古制也。《汉书·贾谊传》:“文帝不觉膝之，前于席。”《三国志·管宁传》:“坐不箕股，当膝处皆穿。”知两汉犹是席地。高坐之设，兴于六朝，盛于北宋，而通行于元。日本则沿古制而未改耳。

二十三日(1905年6月25日) 早九钟，赴公使馆，谒马拱辰参赞，直隶学生归参赞监督。

二十四日(1905年6月26日) 移寓小石川区小日向台町二町目二十一番地常盘馆，与春甲同寓楼上，每人房饭费月十二元，楼之西为某氏园林，园内杂花满径，细草如茵，松柏葱葱，浓阴滴翠，每当开窗静坐，觉凉风夕至，爽气朝来，饶有清趣。

二十六日(1905年6月28日) 至上野公园，购券观博物馆，流览一周，如入山阴道上，目不暇给，列品凡分五部，部又分区，书籍内有宋本《玉篇》，刻印精妙，金石内有光武赐委奴国王印，乃那珂郡掘地得之者，上古遗物内，有埃及古尸，乃二千五百年物，矿石内有象胫所变石、鲸鱼所变石，甚奇伟。又购券观图书馆，有宋本杜诗、宋本东坡全集,皆精妙。归,饮于味莼园。

二十七日(1905年6月29日) 至九段坂,购券观油画。是画为奉天激战,初入门,黑暗如夜,数武,缘梯而上,豁然开朗,见夫日俄两军,挥旗者,挽车者,放枪者,点炮者,炸弹一落,血肉横飞,又见仰毙者,仆毙者,血流殷地,惨不可言,流览一周,几疑两军开战,此身作壁上观矣。

二十八日(1905年6月30日) 早十钟,赴曲町区富士见楼,直隶同乡开欢迎会也。

二十九日(1905年7月1日) 晚一钟,赴弘文学院,同班者三十六人,校长嘉纳治五郎到堂演说,词意恳至,演毕,与梁祝香诸君商定功课。午前参观,午后听讲,参观分甲乙两班,每星期观两处,听讲为教育学、教育制度、教授法、管理法、法制、经济、地方制度,每星期共十八钟。讲教育学者,为波多野贞之助,日本名家也;讲教育制度者,为增户鹤吉;讲教授管理者,为大桥铜造;讲法制经济者,为高桥皜;讲地方制度者,为武田千代三郎。

六月初一日(1905年7月3日) 早八钟,观小石川区盲哑学校,是校专教盲哑,男女各生共三百八人,分寻常、技艺两科。校长小西信八,导观各教室,见其教盲之法:书用厚纸,以机器压成凸文,以手摸书,随摸随读。教哑之法:教习以粉书黑板,逐字指示,并以身之俯仰,手之屈伸,口之翕张,目之顾盼,作种种状态,哑生眉飞色舞,或举手作势,或张口欲语,窥其意颇能领悟。校长云:教盲生尚易,教哑生最难。又观技艺,见盲生鼓风琴,清越可听,又见男哑生之雕刻,女哑生之裁缝,皆极精妙,校内有吴挚甫书"国无弃才"、振贝子书"弥纶造化"各匾额,校长特为导观。

初四日(1905年7月6日) 早八钟,观小石川区女子师范学校及高等女学校,两校在一处也。女子师范百九十人,女子高等三百余人,教习冈吉寿导观各室。先至图书室,室内储各种教科书,又有《易》、《诗》、《周礼》、《左传》、《史记》、《庄子》、《文选》、《唐宋诗醇》等书。至标本室，室内鸟兽虫鱼略备，皆敷以药水。又观各教室，有教音乐者，有教修身、国语、家事等科者。教音乐者，女教习鼓风琴，按谱自歌，女学生依韵以学之，疾徐轻重，偶有未谐，教习再歌以示之，教修身等科者，女教习书黑板，随讲随问，知之者举手，有不知者，教习再为详说之，远引之，无激色，无倦容。又观自习室，室内皆矮几，几上瓶花馥郁，书卷森罗，又观寝室、浴室、理发室，皆极精洁。又观体操场，男教习教之，女学生或前或后，或左或右，依教习口号，步武整齐。又观运动场，女教习侑以风琴，女学生或进或退，或向或背，或似蹲而非蹲，或似跪而非跪，飞紫裙，舞长袖，身体灵敏，令人叹羡。又观幼稚园，幼儿皆五六岁，以手相连，成一大圈，或踏步，或唱歌，欣欣有喜色。归途观小石川区植物园，以优待未购券，园内花木成行，千形百状，五洲之产，搜罗殆遍，有温室，皆热带产，有热带芭蕉，高丈余，与中土颇异。在园内流览一周，觉浓阴低覆，清风徐来，烦躁之心为之一爽。

初八日(1905 年 7 月 10 日)　早八钟，观京桥区商品陈列馆，楼凡三重，流览一周，目为之炫，其中铜器、铁器、漆器、陶器，以及绸缎纱布，无一不备，产于英法德美者，为外国产，产于日本者，为内国产，名目价额，皆一一标明，盖以分其良楛，判其低昂，并以考某物产于某国，某物销于某国，又有输入输出表，察每年输入若何，输出若何，研究商业，可谓精矣。归，饮于会芳楼。

十一日(1905 年 7 月 13 日)　早八钟，观天文台，台在芝区，台长出各图以相示，有日图、月图，并木星、火星，及天王、海王各星图、月图甚夥，图中或白而高，或黑而低，台长云，白而高者，山也，黑而低者，海也，万年前海中有水，今则水已枯矣。又云，火星上颇有动物，又有沟渠交互，亦一世界也。因导观各仪器：望远镜二具，长约丈余，形如巨炮，一以窥月星，一以窥南北极者。归途观增上寺，规模闳敞，祈祷踵相接焉。

十五日(1905 年 7 月 17 日)　早八钟，观中央气象台，台在皇城内,台长导观各处。一室置测雨、测风、测暴风、测地震诸仪器。台长云,遇有暴风,先期电告各海岸,又云,日本地震最多,故于地震尤注意,又导观院内,有地中寒暖计、地面寒暖计、最高寒暖计、最低寒暖计,或埋置地中,或露置地上,旁设电灯,以便夜间参考。此外另有验云标、雨量计数种。又导观台上,台为德川氏天主阁遗址,以巨石筑成,甚高峻,上有石墩,墩上均刻子午线,中有露台,高耸若塔,上置风信计、风压计、风力计,与台下通以电线,凡以测风雨、测寒暖也。是日门外揭示某日雨,某日暴风,至日皆验。

十六日(1905 年 7 月 18 日) 早七钟,赴横滨。横滨南接太平洋,北接东京,为水陆之要冲,华商之流寓者,江浙闽粤皆有之。因至中国街,见街衢整洁,商业尚盛。晚三钟,饮于成昌楼。九钟回寓。

二十二日(1905 年 7 月 24 日) 早八钟,观目黑麦酒株式会社。是社即惠比寿也,日本麦酒,以此为第一,资本一百三十万元,每日出酒五万四千瓶,销行于本国及上海者甚广。支配人高杉晋导观各处,见其蒸麦、酿酒、涤瓶、装瓶,皆以机器为之,机器甚大,购自德国。男女工五百余人,寂无一语,惟闻机器作轧轧声。又观冰窖,坚冰皓皓,寒气砭人肌骨,览未及半,冷不能支。是社在荏原郡,地势清旷,颇擅林泉之胜。

二十五日(1905 年 7 月 27 日) 早八钟,观东京养育院,院在小石川区,收养者凡六种:曰穷民,曰行旅病人,曰弃儿,曰遗儿,曰迷儿,曰感化生。穷民皆衰老无衣食者,行旅病人则旁无亲属者,弃儿则私生子弃之隘巷者,遗儿则亲属皆亡、家无依赖者,迷儿则幼龄迷失者,感化生则少年顽梗者。院内有医局、药局、浴室、寝室、幼童室、幼女室、男女病室、男女健康室,患病者入病室,病愈者入健康室,弃儿,看护妇乳养之,遗儿、迷儿,看护妇抚育之,满六岁即入小学,卒业后即学工业,此日本所以无冻馁无游荡欤?

二十七日(1905 年 7 月 29 日) 武田先生讲地方自治,言日本惟选举议员,尚多流弊。每临选举,往往有行贿以买人心者,然甲用一千元，乙必用二千元，乙之出资既巨，乙之得票必多，然甲之党绝不甘心于乙，必置之死地而后已。或刃其胸，或剖其腹，或投之溪涧，种种惨状，不可思议。先生曾任县知事，必目睹其状，始言之凿凿，以日本之文明，选举尚如此，吁！可畏也。

二十八日(1905 年 7 月 30 日) 早十钟，赴公使馆，恭祝万寿。杨星垣钦使及参赞诸君，酬应臻至。

二十九日(1905 年 7 月 31 日) 接同乡来信。七月内停止参观。

七月初一日(1905 年 8 月 1 日) 至东明馆，观天皇、皇后诸人御影。天皇名睦仁，皇后名美子，从一位公爵一条忠香之第三女，天皇五十六岁，皇后五十八岁，皇太子名嘉仁，皇太子妃名节子，从一位大勋位公爵九条道孝之第四女，皇太子二十七岁，皇太子妃二十二岁。

初三日(1905 年 8 月 3 日) 至上野公园，购券观动物院。鸟之属有鹤、鹳、鹈、雁、鹭、鹦鹉、火鸡、鸵鸟之类，兽之属有虎、豹、狮、象、熊、鹿、猿、狐、羚羊、驼羊之类，狮面如人，毛如黄犬，与内地之图画迥异，纪文达公笔记谓其昂首一鸣，如无数铜钲，陡然合击，验之果然。又观不忍池，池内荷花盛开，与杨柳楼台，互相辉映，洵胜境也，俗亦号小西湖。

初六日(1905 年 8 月 6 日) 观芝区公园，与上野相似，又购券观德川氏历代墓，殿宇林立，殿内雕金刻翠，倍见辉煌，神龛前设列几案，其墓或在殿后，或在殿旁，砌以巨石，作八角形，磨砻极细。又登爱宕山，石磴约数百级，中悬铁索，攀援而上，山不甚高，而眺览绝佳。

初九日(1905 年 8 月 9 日) 至浅草公园，购券参观动物院，胜于上野。是院有狒狒，状如猿，又似猩猩，又有鳄鱼，长约丈余，形如蜥蜴。又购券观水族馆，筑室为池，以玻璃为壁，池内细麟巨壳，诡状殊形，不可殚述。有海驴者，兽其身首，鱼其四肢，别筑水池，池内贮巨石，石皆有孔，是物在池内，形如穿梭，出水长鸣，其声大而远，寒带产物也。又观浅草寺,院宇宏阔,游人如织,祈祷甚盛。

十一日(1905年8月11日) 阅《日本国志》。日本当维新以前,美舰俄舶,迭来劫盟,其始锁港攘夷之论,举国嚣然,其后一败于马关,再败于鹿儿岛,于是幡然改图,举凡兵法、刑律、学校、租税,无一不取法于西人,甚至改正朔、易服色,亦惟西人之是效,西人亦窃非之,然卒能以七零八落之国,与欧美列邦并立于世界,勇哉日人,国之所以强也。

十二日(1905年8月12日) 过大藏省。明治六年,大隈重信为大藏省事务总裁,始作会计豫算表、决算表。豫算者,计一岁之内,应用若干,应征若干,于事前普告之。决算者,计一岁之内,实征若干,实用若干,于事后昭示之,其收纳有定程,其支销有定数,取之于民,仍布之于民,此小民所以交相信也。

十六日(1905年8月16日) 过递信省。日本行政,内阁总理大臣为首,其下为外务、内务、大藏、陆军、海军、司法、文部、农商务、递信,凡九省。

十八日(1905年8月18日) 雨。日本全国,分为三府、一厅、四十三县,厅设于北海道,东京府、大坂府、京都府,设府知事,其余各县,皆设县知事,府与县无上下之阶级。

十九日(1905年8月19日) 雨。日本皆席地,客至脱屦户外,肃入而坐,《曲礼》所谓"户外有二屦"者,于此见之。盖自徐福东来,周秦之制,颇流入于彼邦,其后遣唐之使,冠盖相望,上自朝仪,下至民俗,又无一不摹仿唐人,是以中国之古制,至今犹可考见耳。

二十日(1905年8月20日) 雨。日本之卧被,旁有两袖,被长九尺,卧则覆于上,更以其半覆足,即《论语》之寝衣也,盖以其形如衣,故谓之寝衣,孔安国注:"寝衣,今之被也。"其说甚明,朱子则谓寝衣为斋戒所用,则语多影响矣。

二十一日(1905年8月21日) 雨。日本每食,人各一几,几方尺许,足高四五寸,上有四周,每食,女婢以两手捧之,即古之案也。

《说文》:“案,几属。”《急就篇》:“椭杅槃案。”颜师古注:“无足曰槃,有足曰案,所以陈举食也。”《考工记》:“案有十二寸。”郑康成注:“枣栗实于器,乃加于案。”《汉书·外戚传》:“许后朝皇太后,亲奉案上食。”《后汉书·梁鸿传》:“妻为具食,举案齐眉。”知古人皆持案以进食,今彼邦之制,正相符合,雨窗多暇,因历引诸说以证之。

二十二日(1905年8月22日) 雨。日本普通衣服,称为和服,圆领大袖,不用纽扣,盖汉唐之旧制也。

二十三日(1905年8月23日) 雨。日本风俗,男子好蓄须髯,年未三十,即已蓄髯,又使其末向上,作翘然之势,女子好傅脂粉,襟广,微露胸,肩脊亦不尽掩,亦傅粉如其面,殆习俗然也。

二十四日(1905年8月24日) 雨。凡大雨七日。日本多雨,自入彼邦以来,晴曦晃耀者,不过十余日,余则或阴或雨,抑或细雨蒙蒙,如烟如雾,岂近海之故耶?

二十六日(1905年8月26日) 至浅草公园,购券登凌云阁,凡十二层,忆在大梁登铁塔,仅至三层,今直登绝顶,不觉其危,则建筑得法也。俯视全京,气象殊旺。

二十七日(1905年8月27日) 至上野公园,又购券观动物院,见白绿各鹦鹉,毛羽修洁,因思陇山鹦鹉,问上皇安否。久放山林,不忘恩遇,鹦鹉亦灵物也。

二十八日(1905年8月28日) 观靖国神社,即招魂社也,有川上大将铜像,巍然独立,气象雄伟。

二十九日(1905年8月29日) 观日比谷公园,有喷水管,四面喷泄,如跳珠泻玉,致为可观,园内则怪石疏松,引人入胜。

八月初三日(1905年9月1日) 早八钟,至东京府,观度量衡检定所。日本度量衡,有画一之制度,度量衡之原器,农商务大臣掌之,依此原器,制检定原器,使府县各官掌之,凡民间所造之度量衡,必经检定,合者印一定字,不合则令修改,印改字,盖有一定之限制也。

初六日(1905年9月4日) 早八钟,观北丰岛郡西原农事试验场,场内水稻、陆稻,分植百余丛,余若豆、黍、茶、蔗、烟草、蓝草,以及各种谷蔬,皆一一分植。又观蚕桑讲习所,技师林驒作晤谈片刻,知养蚕之法:每日每时,测晴干阴雨,及风之方向,与蚕之食度,以验茧之造就。因导观标本室,室内储眠蚕、病蚕诸模型,又储各种茧子,有中国茧子百余种,各国茧子百余种,皆标明何产。又观养蚕室,时蚕事已罢,无可观。又观缫丝室,皆女学生,一色白衣,其机轮用蒸汽力,其汤镬用自来水,缫出之丝,光明温润。又观桑畦,皆去其旧枝以生新枝,枝叶颇乶茂焉。

初九日(1905年9月7日) 早八钟,观曲町区富士见小学校。是校男女各生,千三百人,分寻常、高等两科,校长横须贺纯,导观各教室,一室教国文,教员持书诵之,诸生听之,诸生诵之,教员听之,问解文义否,乃皆举手。余室或教算术,或教理科,男女各教员,皆言温气和,从容不迫。又观幼稚园,见其两人并行,不乱一步,保姆或导其前,或随后,保育幼儿,宛如慈母,是校不甚壮丽。某君云,学科之教授,以是校为最优,学舍之创建,亦以是校为最早焉。

十三日(1905年9月11日) 早八钟,观日本桥区常盘小学校。是校男女各生,千二百人,分寻常、高等两科。日本桥区财力殷富,是校又多士族子女,故楼阁崇闳,衣裳华美。校长水野浩,导观各教室,一室教地理,女教习示以地图,某通某处,某称某名,历历指点。余室或男教习,或女教习,教法略同,男女各生,皆沉潜端正,无私语,无旁窥。一室设御座,以备天皇临幸。归途观三越吴服店,百货胪陈,新奇夺目,有绣货数种,浅深远近,以油画之法施之,尺幅中一望无际,而其价则甚昂焉。

十五日(1905年9月13日) 晚八钟,与徐品卿、刘我九饮于凤乐园,时冰轮正满,品卿赋七律二首,余依韵和之,尽欢而罢。徐君名俊英,饶阳人;刘君名祐龄,武清人。

十六日(1905年9月14日) 早八钟,观赤坂区青山师范学校及附属小学校。师范生四百余人，小学校六百余人。某君导观各处，讲堂甚宽大，可容三百人，食堂亦极闳敞，时将午餐，每人饭一桶，咸菜咸鱼数片，罩以铁丝笼，精洁特甚，寝室、自习室亦整洁无比。又观各教室，教法与他处略同。又观小学校，见其或教员授课，而教生旁观，或教生授课，而教员指点，盖附属小学校者，为师范生练习教授方法也。又观图书室、标本室、药品室、铳器室，均极完整。是校创于明治六年，至二十四年迁地改建，共费二十八万六千一百八十九元。

二十日(1905 年 9 月 18 日)　早八钟，观本乡区女子高等师范学校及附属高等女学校、小学校、幼稚园。是校各有校长，先观幼稚园，见幼儿唱歌，手舞足蹈，皆能整齐，群儿欢甚。又观小学校，见其或男女合教，或男女分教，几椅适合身体。又观高等女学校，见其或三学年，或四学年，女教习霁色和颜，从容启迪。又观女子高等师范，未见功课，观音乐室，室内置大风琴，女学生前后列坐，女教习按琴一声，女学生皆起立，女教习按谱自歌，女学生各手一册，依谱以学之，高下疾徐，无不中节。又观运动场，女学生作穿花之戏，女教习侑以风琴，足音与琴音，一一相合。又观自习室，室内可容五百人，两人一案，一色电灯，案上书卷森罗，一尘不染。又观寝室、浴室、盥漱室，亦精洁无比。女学生皆十七岁以上未定婚者，今日卒业，明日即充教习，尽二年义务，方许定婚。校长高岭秀夫，接待甚殷，并赠以章程数册。

二十三日(1905 年 9 月 21 日)　早八钟，观神田区高等师范学校之附属中学校，教习仓林源四郎，为试各种电器，见其以电力激风扇，旋转甚速，又以电力引水，以电力舂米，均极敏捷。是日无功课，因导观圣庙，首为入德门，次杏坛，又次为大成殿，中供圣像，及颜曾思孟四像，龛各有门，导者特为启视。日本当西晋时，百济博士王仁始献《论语》，其后百济又遣博士段扬尔，于是始传五经，及通使隋唐，文教大备，《易》、《书》、《三礼》、《毛诗》、《春秋左氏传》，皆立之学官，大学国学，以岁时祀孔子，谥曰文宣王，配以先师颜渊，盖仿唐制也。

至德川幕府,尊孔子益笃,特建先圣祠于江户,即是庙也,是庙轮奂俱美,凡高等师范毕业,必至是行礼焉。

二十七日(1905年9月25日) 早八钟,观本乡区医科大学。一室置木器,形如棺而较大,内置男二女一,皆已剖腹,肠肺外露,浸以酒精,皮肉作淡白色,旁列玻璃瓶,瓶内或只手,或只足,或手连臂者,或足连股者,或剥皮,或露筋,浸以酒精,均作淡白色。余心悸,不敢卒观。又导观五脏六腑及胎儿等类,余婉词谢之。

三十日(1905年9月28日) 早八钟,至曲町区观东京地方裁判所、控诉院、大审院,三者在一处也。房宇皆西式,崇闳深邃,殆无伦比。日本地方官,但兴办地方之事,理案件,定罪名,皆归裁判所,区裁判所决民间小事,稍大,则决于地方裁判所,如不服,则控之控诉院,再不服,则诉之大审院。大审院只东京一处,控诉院则东京、大坂、长崎、名古屋、仙台、函馆、广岛,凡七处,地方裁判所,府县各一,区裁判所,凡三百十处。是日由某君导观,先观地方裁判所,一室甚大,内设长案三,如折扇式,中一案列坐三问官,右为检事,主搜索证据,左为书记,主登录口供,问官三人,仍是中一人审讯,原被告均立在下,面问官坐者为辩护士,辩护士后,隔以短栏,有靠背长椅,皆旁听者,余与诸同人略坐片刻。归途观贵族院、众议院,即上下两议院也,亦崇闳无比,贵族院有天皇便殿,扃锁甚严,导者特为启视,四壁悬黄幔,中间一几一椅,别无陈设,其开议处,上设天皇御座,坐处颇高,其下为议长座,坐处较低,余三面如半月形,以次递高,有靠背短椅,约三百余,皆拱向御座,众议院形式略同。贵族院以皇族、华族及敕选议员为之,众议院以国民所选举之议员为之,每岁由敕令召集,两议院同时开议,议定,上之天皇,由天皇裁可。

九月初四日(1905年10月2日) 早八钟,观本乡区音乐学校。是校专教音乐,一室置大风琴,乃攻旅顺得诸俄国者,留此以作纪念。一室男女合教,分左右立,此边学歌,则彼边少息,余室皆男女生自习,室各一人。

初七日(1905年10月5日) 早八钟,至北丰岛郡观巢鸭监狱,狱共三百间,皆左右相对,每间例住六人,室内卧具盥器皆备,有电器灯,有自来水管,室外各悬木牌,上半书姓名,终日盖覆,不使人见,以养其羞耻,下半书号数,以便查考。早起即入工场,工场凡六所,有铁工、木工、竹工、皮工、织工、缝工,及刷印各工,犯皆赭衣,分列静坐,各治其业,俨然一大工场,不知为监狱也。其饭米四成,麦六成,必典狱官先尝,然后传食各犯。此外有浴室以涤垢秽,又有运动场以消郁结,宜西人钦佩,称为文明之化欤。

十一日(1905年10月9日) 早八钟,观小石川区黑田小学校,是校男女各生五百余人,分寻常、高等两科。校长片山喜十郎导观各教室,一室教图画,教习画于黑板,儿童按其用笔之先后习之,又示以染色之法、配色之法,儿童皆能为之,以色笔画于纸上,教习轮流更正之。是校规模简略,无标本等室,而依山筑室,随山势为高低,曲径回环,亦饶有幽趣。

十四日(1905年10月12日) 早八钟,观日本桥区有马小学校。是校男女各生,千一百人,分寻常、高等两科,校长山崎彦八导观各教室。一室教作文,题为《欢迎英舰》,是时英日合盟,故以此命题也。余室教法略同。日本学制,男女三岁至六岁,均入幼稚园,教育皆女子,教科分四门:游戏、唱歌、谈话、手技。有家庭教育者不入,贫不能入者听之。七岁入寻常小学校,四年毕业,此四年,无论贫富男女,一律入学,不入学者,罪其父母,谓之强迫教育,教科分六门:修身、国语、算术、体操为正教科,图画、音乐为随意科,女子则加裁缝。十一岁入高等小学校,四年毕业,教科分十门,于六门外,加历史、地理、英语、理科,女子仍加裁缝。此后男子入中学校,五年毕业,女子入高等女学校,四年毕业,男子教科于十门外,加汉文、化学、法制、经济,女子教科于十门外,加家事、裁缝。此中小各学校之大略也,其余详细章程,另有录本,兹不赘。

十八日(1905年10月16日) 观埼玉县女子师范学校及高等

女学校、男子师范学校及中学校。早八钟,自浅草乘火车,是日阴雨,一路见稻畦豆陇,尽入晚秋,加以凉云漠漠,野水潺潺,秋色秋声,弥动故乡之感。九钟,至埼玉县,观女子师范,校长大久保介寿,接待甚殷,款以茶点,因导观各教室,教法与东京略同。又观图书室、标本室、浴室、寝室、自习室、食堂、礼堂,宏敞精洁,亦与东京无异。教员坂本胜藏,以七绝索和,余各和二首。又观男子师范,一室教汉文,乃武乡侯《出师表》,自"臣本布衣"至"遂许先帝以驱驰",书于黑板,以东文之法解之。又观中学校,天阴日暮,仅略观其形式。晚八钟回寓。

二十日(1905 年 10 月 18 日) 与同邑孙润甫、袁香树诸君照合影,孙君名庆泽,留学第一高等,袁君名栴,留学法政,杏村方伯之侄。

二十一日(1905 年 10 月 19 日) 早八钟,观深川区商船学校。是校专习驾驶之术,分航海、机关两科。某君导观各处,观制图室、试验室、图书、器械、雏形各室,均极完整。学生午前至讲室,午后至船上,窥其宗旨,虽曰商船,实海军之豫备科,与兵船相表里也。日本自明治四年,始立文部省,专司学务,划全国为八大学区,五年创师范学校于东京,六年又于宫城、大坂等处各设师范学校,其后愈推愈广,愈研愈精。至于今,普通有普通之学,专门有专门之学,惟普通也,故人人知学,惟专门也,故文有文学,法有法学,农有农学,工有工学,商有商学,兵有兵学,医有医学,学校之隆,盖骎骎与欧美比。噫!盛矣。

二十三日(1905 年 10 月 21 日) 赴同乡旅馆。日本虽文明之国,其陋俗亦有未尽革者,男女皆不裤,但围帛布,夏令工人力夫,上下裸体,叠布二寸阔,自前兜至尻后,逐逐往来,不以为耻,女子往往袒胸,并赤其下体,脐下略围白布,时或于门内取盆以浴,殊不避人,浴堂虽男女有分,而女子浴室,男子亦能窥见,此彼国之亟宜改良者。

二十五日(1905 年 10 月 23 日) 晚七钟,至新桥车站。十钟,乘火车。

二十六日(1905 年 10 月 24 日) 晚五钟,至神户,寓田中旅馆。

二十七日(1905 年 10 月 25 日) 早十钟,登诹访山,神户背山面海,由海滨至山麓,以次递高,是山初上为曲径,遮以竹栏,再上为平地,有亭翼然,朴雅可爱,再上为古庙,庙不甚高,而精洁特甚,俯视全廛,历历在目,再上山势甚陡,余贾勇而登,直凌绝顶,觉天为之宽,地为之阔,遥望海天相接,浩浩无涯,每当清风徐来,有飘飘凌云之概。归,饮于杏香楼。

二十八日(1905 年 10 月 26 日) 早八钟,登轮船。十钟开行。

二十九日(1905 年 10 月 27 日) 晚两钟,至马关,停轮,乘小舟登岸。先至赤间宫,见院宇清洁,建筑甚古,又至春帆楼,观李文忠公订约处,内有文忠公赠佐藤先生诗:“髦年秉节赴东瀛,愿化干戈见太平。盟约重申同富弼,伏戎一击鄙荆卿。奇才医国君无敌,妙手回春我更生。待乞宝星邀上赏,绿章归去达通明。”又有文忠公及伯行星使小像,日人均用照片,悬之壁上。八钟回船。

十月初一日(1905 年 10 月 28 日) 早四钟,开行。晚五钟,过对马岛。

初二日(1905 年 10 月 29 日) 晚五钟,微雨。十钟,风甚大,浪与船齐。

初三日(1905 年 10 月 30 日) 风仍大,颠簸愈甚。余坚卧不动,虽未呕吐,已力不能支矣。晚十二钟,船略平。

初四日(1905 年 10 月 31 日) 晚三钟,至烟台,停轮,乘小舟登岸,与同人畅饮。九钟回船。

初五日(1905 年 11 月 1 日) 早六钟,开行。

初六日(1905 年 11 月 2 日) 早五钟,至大沽口,风甚大,小轮不能出口,停泊两日。

初八日(1905 年 11 月 4 日) 晚十钟,至塘沽,寓长春客栈。

初九日(1905 年 11 月 5 日) 早九钟,乘火车。十一钟,至天津。

附录　一个清朝官员在东京逛博览会

吴　真

1907 年 4 月 6 日，陆军部郎中杨芾（1855—?）开始他为期 106 天的东瀛之行。甲午战争之后，被东瀛惊醒的清朝，上至朝堂下至民间均认为应当大力效仿日本明治维新之路，官方经常选派官绅东渡，考察教育、工商业等制度实务。归国之后，官员例行向派遣出国的掌管部门提交考察报告，以日记体的形式详述在日所见所闻。时任京师大学堂总教习的吴汝纶，1902 年赴日考察 4 个月的教育制度，撰有《东游丛录》呈送管学大臣"以备采择"。在这些以总结异邦制度精神为主旨的官样报告之中，杨芾的《扶桑十旬记》一书更富于私人化叙述，详细记载在百余天之中去了东京上野公园 17 次，"花街"浅草 8 次。这其中，有 13 次买票入场去看上野公园内的东京劝业博览会，杨芾"流连风景，颇会于心"。

一个清朝官员在东京逛博览会，他看到了什么？博览会的什么事物吸引着他？

一、上野新开博览会

1907 年 4 月 12 日车抵东京客栈，才安顿下来三天，杨芾就约上友人往上野看博览会去了。"日本自明治十年仿西洋各国之法，开劝业博物会于上野公园，鼓舞工商，力图进步"（《扶桑十旬记》）。这里说的是，有见于欧洲兴起的世界博览会推进工业文明之神效，日本政府到1873年维也纳世博会取回西经，以世博会为模板，明治十年(1877)日本第一届“内国劝业博览会”在上野举行。所谓的“劝业”，正是“鼓舞劝勉”之意，至1904年，明治政府总共举办了五届内国劝业博览会，主要展示和销售国产的机械、农业等产品。

日本产业技术史上许多标志性事物，都是首先在劝业博览会上展出，博取个开门红，然后才向市场推广。日本第一辆路面有轨电车，1890年在第三届劝业博览会首次展出之后，开始在东京市区运行。杨芾一到东京，给他带来最直观震撼的就是这种现代化城市交通，4月13日记：“东京电车络绎，自晨至夜半，来往不绝，行人称便，车有黄色绿色紫色区别，各行地段……登车买票，无论远近，每人五钱，合中国五十文。……”是年劝业博览会推出的“图绘”(明信片)就有一张《上野广小路电车通行与屏风板的新架桥》，画面的主角是一辆行走于上野公园的150号电车，由2个25马力的电动机驱动，长约25尺，载客量40人。有了如此方便快捷的电车，杨芾才可以半天时间参观东京帝国大学等官方安排的例行观摩点，剩下半天时间留给自己四处闲逛。

前5届内国劝业博览会皆由明治政府主办，从第6届开始，东京府决意借用民间资本独立承办，也就是杨芾所见的这次东京劝业博览会。原定会期从3月20日至7月31日，后来又延长到8月25日，比往届多出40天。在上野公园17万平方米的范围之内，设立了三个会场，19个分馆，规模之大，前所未有。

这一届劝业博览会出版了各式各样的一览图、地图、号外，今天在神保町的旧书店里还能时不时翻寻到。每逢星期天，博览会主办方就会印发《东京劝业博览会案内》，一图在手，全日本火车时刻表、东京电车路线图、各分场和分馆介绍、各大商号广告，悉数掌握。杨芾极为赞赏日人这样的绘图意识：“日本各事，均有图绘，俾愚民易于通晓，诚教育之良法也，且商人亦易于获利。”

这次博览会一共录得6802768人次入场，680万人次是什么概念？1908年东京府统计人口总数为218万人，要达到680万人次，除了全城出动之外，各地上京观景的外地人肯定也不少，此外就是像杨芾这样贡献了13次全票的外国人。劝业博览会的新奇内容吸引游客之外，门票价格合理也是因素之一。杨芾记道，一张总入场券，可裁开分用，“购券十钱，未满十二岁及军人学生五钱”，逢星期天和大祭日则加五钱。十钱的门票有多便宜？当时鸡一只约一圆(一百钱)，杨芾雇人洗衣服，每件三钱，等于清国的三十文。而当时东京宿舍费是多少？“月费十三圆有奇”。也就是说，杨芾少洗三件衣服少吃半条鱼就可以看一次博览会，而103年后的上海世博会普通门票是180元，可以吃多少鱼又可以洗多少件衣服？

二、现世的霓虹灯震撼

除了杨芾提到的三联票，此外还有“夜间观赏券”，单售五钱，这是进入第二会场观赏不忍池夜景专用的。这一年的博览会夜景，是明治时代集体记忆的经典场景，因为历史上第一次，上野的名胜地不忍池，笼罩在通明的电灯之中。

日本国产灯泡是1890年第3次劝业博览会上由三菱会社研发推出的，凭借三次博览会的成功展示，三菱作为日本电气文明主导者的企业形象已深入民心。1907年的劝业博览会，三菱会社再接再厉，独力盖造一座西洋建筑三菱馆，甚至拿出3万5千盏霓虹灯，把不忍池边一字排开的台湾馆、外国馆、三菱馆、瓦斯馆都连上电线，悬饰以霓虹灯。一连四个月，不忍池变成了灯火通明的不夜天。民众纷纷夜访博览会，为古老不忍池中的现代灯光倒影惊叹喝彩。

当时的报章将博览会夜景赋予“文明象征”之意义，连篇累牍地报道。1882年东京银座架起第一座弧光灯，日本由此进入电气文明时代，到杨芾们造访日本时，东京的街道已经实现了电气照明。刚刚从1907年入夜便一片漆黑的北京城出来，见到东京“一路市廛檐际，密排电灯”,可以想见清朝官员们在灯光如昼的电气文明面前受到的震撼。

夏目漱石作为职业作家的首部作品——《虞美人草》,1907 年 6 月开始在大阪、东京两大《朝日新闻》上同时连载,这一年的东京劝业博览会也成为小说的重要场景:“为闪烁影子而兴高采烈的善男善女,倾巢而出,辏集在霓虹灯下。从刺激的袋底将文明一一筛滤,拣出最刺激的东西便是博览会,暗夜披沙沥金似的从博览会中筛滤出来最新奇的玩意儿则是霓虹灯,活得卑卑屈屈、为寻求苟活于世的证据而前来观看霓虹灯的人,不由自主地大吃一惊。”在“飞蛾投灯”的人群中,三对男女在彼此不知情的情况下去看了不忍池的夜景,并且在茶馆处偶遇,引起了情节的大转折。

当时夏目漱石搬到西片町十番地(也就是后来鲁迅租住的“伍舍”)居住,穿过东京大学校园,走到上野不忍池,不过十来分钟。为了满足全国各地未能亲自去参观博览会的读者的好奇,夏目漱石用了整整一章浓墨重彩地描写不忍池夜景:“焰光之塔熔入霓虹灯的宫殿,霓虹灯宫殿又与大地连成一片,隔着不忍池从这边看过去,从右至左七满八平地泼洒出一幅焰光画卷。好一幅黑底带蓝的泥金浮花画,不吝金粉地绘出厅堂,绘出楼阁,绘出回廊,绘出曲栏,绘出无数的圆塔方柱,末了似不甘浪费掉最后一点金粉,仍恣意在画上来回涂抹着。”

在这如浮世绘般繁华锦绣景色中,前来观看博览会夜景霓虹灯宫殿的人们,皆是浮世绘中向往声色刺激的“现世之人”——“博览会是现世的,霓虹灯更是现世的,为享受惊奇而簇集于此的男男女女全都是现世之人,他们来到此处只为发出一声惊骇的大叫,以增强活在现世的自我意识。他们彼此打量,互认彼此都活在现世,从而意识到自己所属的群体原来属于多数派,这样回家后才能安然入眠。”正是在象征着“二十世纪文明”的东京霓虹灯照耀之下,代表着“过去”的、来自京都的孤堂父女,被“在现世中最为自如”的东京现代青年小野牵引着,走到了命运的拐角处。

三、逛遍东京劝业场

杨芾13次买票入场去看什么?17万平方米的会场实在是太大了,他每次去,只是专攻一个会场,比如4月15日第一次入场他就直奔第二会场的器械馆,尔后的两个月间,他又5次到第二会场,细细观察制碱机、抽丝机、砻米机、切面机、制衣机、印刷机各种新型机器的工作原理,感叹“均较人工捷逾百倍”。

6月3日,杨芾到第一会场补游农业馆,见到有一处集中罗列稻粒、豆、麻、茶、蚕种、渔家用物、农家用物之类的百姓日用品,“乃叹日人设博览会,非徒炫华丽、广商业,且藉以开民智,俾之增见闻也。中国当仿而行之。”

广商业,开民智,增见闻,杨芾总结的三点,确实是明治时期博览会的精髓所在。劝业博览会上林林总总的国产机械,丝毫不逊色于外国馆的进口器械,这便是明治政府推行了三十年“工业立国”之国策结出的硕果。为了激发国民对于工商实业的热情,博览会将全世界的工业文明成果陈列在一起,1904年游日的江宁候补道官员许柄榛在其《甲辰考察日本商务日记》中极力推崇日人将博览会办成商战预演场的办法:“见其万货列陈,比较优劣,以激动商战者之心志。吾知彼国工商游历其境,敌忾之心勃然发焉,求胜之情油然生焉,孰不思发明新制度、力争上游乎?”

经历甲午战败、庚子事变、日俄战争三次冲击的清朝官绅,到了气象一新的东瀛所感受到的震撼,一定是今天的我们难以感同身受的。而他们的考察日记中屡屡提到的一些场所,如果不细细考究,我们也很难重返历史现场。1903年被袁世凯派往日本考察教育的王景禧在其《日游笔记》写道:“晚至本乡劝工场,百货杂陈,电灯照耀如昼。”王氏在日50多天里,6次到劝工场“考察”,这要是换成今天的说法就是，清朝官员王景禧利用公务考察之便，6 次到东京银座高级商场购物，而且是在晚上。

劝工场，就是劝业场，明治时期的综合百货商店。1877 年上野举办第一届内国劝业博览会，这次博览会留下大量的展品和产品，主办方就在东京盖了一个"东京劝业场"做一次清仓大甩卖。借着劝业博览会的东风，劝业场的生意十分火爆，于是 1878 年至 1903 年，东京一下涌现了 27 家劝工场、劝业场、劝商场，其中以 1888 年开业的"九段劝业场"规模最大，成为此后三十年的东京时尚坐标。

劝业场把全国著名商号集合于一处，商品一一明码标价并且阵列开来，晚上继续营业，方便极了。清国官员杨芾对此更感新奇，日记中记载他几乎逛遍了东京的劝业场，认为"可以鼓舞商业、比较工艺"。虽然日记没有记载买了什么，但杨芾一见劝业场招牌则必入内观之。后期他半天时间里在方圆不到一公里之内连进三个劝业场，终于产生审美疲劳，小发牢骚道："何劝业场之多也！"

1900 年代极力仿效东瀛的清政府，曾于 1905 年在北京设立劝工陈列所，附设劝业场（即前门劝业场）。此前，1902 年张之洞在武汉创办两湖劝业场，1907 年，袁世凯在天津中山公园建成劝业会场，1909 年成都劝业场开张，那是一个大江南北仿效日本劝业的年代。京官杨芾到东京劝业场，不止"逛"，他还观察日人经营手段。有一天他在东京劝业场买足 30 钱，即获当日"福引券"参加抽奖，抽得一张纸条，"条内有字，可另得货物，贵贱无定"。杨芾这才醒悟，原来所谓的抽奖，"盖招徕之意也"。

四、摩天轮的现代体验

1907 年东京劝业博览会创下 680 万人次入场的新纪录，首先归功于夜景和华丽的陈列，还有最为人津津乐道的娱乐设施——摩天轮、水上滑梯。

1893年世界上第一台摩天轮在芝加哥耸立，钢铁巨人的形象顿时成为日本人眼中机械文明的象征。时隔14年，不忍池的入口处，日本国产的摩天轮(日语称为“空中观览车”)矗立起来，18个座舱，高八十尺(约合22米)，在当时已是东京第一高度。尽管登上观览车的成人门票要花15钱，学生小儿则8钱，比博览会总门票还多出5钱，游客还是愿意排着长队掏钱上车，在空中尽览东京。

摩天轮票居然比总门票还高，这是因为这一届博览会不再是国家行为，它更多地依赖民间资金来筹划组织。“藉以开民智，俾之增见闻”，那是官方的期待，而从民间的立场，玩得开心的“余兴节目”才是重点。散布于三个分场的水族馆、娱乐馆、不思议馆、水晶馆、自动活动写真馆，反倒是此次博览会的人气场馆。杨芾虽然把6次游览时间放在器械馆，其他的七次，他到娱乐馆看“木人跳舞，妇人在电气中衣分各色”，到不思议馆观看被视为“幻术”的无线电报、X光、火药表演等，又到世界周游馆，在各国都城港口险要的“活动大写真”(小电影)中恍惚身临其地。

杨芾还到水晶馆体验了一把迷宫：游人在黑暗的谷道中摸黑前行，转折六七处忽然豁然开朗，一个圆亭矗立于前，四周皆嵌大镜，身立亭中，如在镜里，几迷出路，最后他跟随人流从一个隐秘处出去，才转几道弯已到馆外。这种将西洋的迷宫技巧融入到中国文学“水晶宫”意像的博览会娱乐手段，令杨芾直呼日人“工于牟利”。

这一年劝业博览会将第三会场设为体育会专场，“有木栅栏，围成一大空场，罗列各样机器，听游人运动”。杨芾专门到体育会去亲身体验日人“卫身体练技艺”之运动风气，叹服明治政府推行“增强体质，发扬国魂”政策改变国民体貌之深。体育会还创下两个日本第一：第一个室内温水游泳池，设于第三会场的体育馆内，就是杨芾所见“一大水池，有人赤身下水游泳”。为了方便女性在室内游泳池戏水，日本第一款女性泳衣出现了。这款名为“シマウマ水着”的连体泳衣，采用类似囚服的斑马纹样，露出半截的小腿与手臂，在当时可算是女装界的一大革命。

最能体现1907年劝业博览会的新时代风貌的，莫过于不忍池上50尺长(约13米)的“进水戏”水上滑梯。这一从欧洲引进的新型水上运动，被是年海报称为二大余兴，花上20钱，游客便可坐在飞艇内飞速地直插水面，享受惊险刺激的现代体验。

1907年7月2日，杨芾最后一次参观博览会，他在上野站下电车时，遗失了票夹，“不自知也，甫行数十步，有同车人追呼送还，可感可佩”。那天杨芾还在劝业博览会场外见到几个大漆板，将某日拾得游人遗失物件，标明于上，并注明是何式样，令人来领，无隐匿者，亦无冒领者。由博览会贴心的公共服务设施引申开去，杨芾感叹说：“比诸古者道不拾遗之风，或犹未能企及，然束身自爱，耻为苟贱，不愧礼义之邦矣。”

这一天的见闻，在杨芾的东京记忆中定格。广商业，开民智，增见闻，是为一个清朝官员的现代博览会记忆。

(原载澎湃新闻2014年11月22日“私家历史”)